# 불타는 평원

**El Llano en llamas**

**EL LLANO EN LLAMAS**
by Juan Rulfo

세계문학전집 324

# 불타는 평원

**El Llano en llamas**

**후안 룰포**

정창 옮김

민음사

끌라라에게

# 차례

# 그들은 우리에게 땅을 주었다

어디선가 개 짖는 소리가 들린다. 나무 그늘은 고사하고 옥수수나 나무뿌리 하나 보이지 않는 길을 하루 종일 걷고 난 뒤다.

길섶조차 없는 길을 걸어오면서 우리 중의 누군가는 가 봤자 아무것도 없고 아무도 못 만날 거라고, 바닥이 드러난 개천과 쫙쫙 갈라진 황무지뿐일 거라고 생각했다. 그런데 무엇인가가 있다. 마을이다. 개 짖는 소리가 들리고, 공기에 섞인 연기에서 마치 어떤 희망 같은 사람들의 냄새가 묻어난다.

그러나 마을은 아직도 먼 곳에 있다. 바람이 마을을 가까이 가져온 것이다.

우리는 동트는 새벽부터 걷고 있다. 오후도 이미 반나절은 지났나 보다. 누군가가 고개를 들어 해가 떠 있는 하늘을 쳐다보며 중얼거린다.

"얼추 4시는 됐으렷다."

그렇게 말한 그 누군가는 멜리똔이다. 멜리똔과 함께 파우스띠노와 에스떼반 그리고 나, 이렇게 우리는 넷이다. 앞뒤를 살펴보니 앞에 둘, 뒤에 둘이다. 더 뒤쪽으로 눈길을 돌려 보지만 아무도 없다. 나는 마음속으로 중얼거린다. '우리 넷이 다야.' 얼마 전까지만 해도, 그러니까 오전 11시만 해도 스무 명이 넘었는데 한두 명씩 뒤처지는가 싶더니 달랑 넷만 남은 것이다.

"비가 오겠는걸." 파우스띠노가 중얼거린다.

그의 말에 우리 모두가 고개를 든다. 머리 위로 먹장구름이 드리워져 있다. '그러겠는걸.'

그러나 다들 그렇게 생각할 뿐 입은 열지 않는다. 우리는 이미 말을 잃어버렸다. 뜨거운 열기 탓이다. 다른 때 같으면 종일 떠들어 댔을 텐데 말을 한다는 것 자체가 힘들다. 입을 열면 뜨거운 열기가 들어오고 혀가 바짝 타 들어가면서 말이 씩씩거리는 소리로 변해 버리는 까닭이다.

그러다 보니 아무도 입을 열 엄두조차 내지 못한다.

빗방울이 떨어진다. 굵은 빗방울이 땅거죽 위에 떨어진다. 누군가가 내뱉은 침 같다. 딱 한 방울이다. 우리는 빗방울이 떨어지기를 기다린다. 그러나 비는 오지 않는다. 하늘에는 소나기구름이 멀리, 빠른 속도로 밀려난다. 마을 쪽에서 불어오는 바람이 언덕에 드리운 구름의 그림자를 맞은편으로 몰아내고 있다. 그사이 실수로 떨어진 비 한 방울마저 갈증에 시달린 대지가 머금어 버린다.

젠장, 누가 이렇게 광대한 황무지를 만든 거야? 대체 어디에다 쓰려고.

우리는 다시 걷기 시작한다. 걸음을 멈춘 채 비가 오길 기다렸지만 끝내 비는 오지 않는다. 우리가 걸어왔던 것보다 더 많이 걸어가야 할 거라는 생각이 든다. 만일 비가 왔으면 아마도 나는 다른 생각을 했을 것이다. 나는 알고 있다. 어렸을 때부터 황무지에는 비가 내린 적이, 비다운 비가 내린 적이 없다는 것을.

황무지는 쓸모없는 땅이다. 날아다니는 새도, 뛰어다니는 토끼도 없다. 아무것도 없다. 땡볕에 바짝 말라붙은 우이사체[1] 몇 그루와 잎이 둘둘 말린 잡초만 아니면, 그런 것들만 아니면 진짜 아무것도 없다.

우리 넷이 터벅터벅 걷고 있는 곳은 예전에 우리가 무장한 채 말을 타고 돌아다니던 지역이다. 그러나 지금 우리에게는 카빈 소총 한 자루도 없다.

나는 그들이 카빈 소총을 압수한 게 차라리 잘된 일이라고 생각했다. 이 근방에서 무장한 채 돌아다니면 무척 위험하다. 그들은 탄띠를 두르거나 30구경 소총을 들고 다니는 자가 나타나면 누구인지 물어보지도 않고 가차 없이 사살했다. 그렇지만 무기야 그렇다 쳐도 짐승은 다른 문제다. 말이 있었으면 깨끗한 강물을 마셨을 테고 마을을 돌아다니며 음식을 내놓으라고 으름장도 놓았을 것이다. 그러나 그들은 우리한테서

---

1) 아카시아의 일종으로 잎이 덤불 형태이다.

무기는 물론이고 짐승까지 거두어 갔다.

나는 다시 사방을 둘러보고 황무지를 바라다본다. 아무짝에도 쓸모없는 광활한 땅에 어디 하나 미끄러지는 시선을 고정시킬 만한 게 없다. 구멍 속에서 밖으로 기어 나오려고 머리를 빼꼼히 내밀던 도마뱀들조차 태양의 열기에 놀라서 돌멩이 밑으로 숨는다. 설사 농사를 짓는다 한들 이렇게 뜨거운 뙤약볕 밑에서 무엇을 어떻게 한다는 말인가. 이렇게 척박한 땅을 그들은 왜, 무슨 이유로 우리한테 주었단 말인가.

그들은 말했다.

"마을에서부터 여기까지가 몽땅 여러분들 땅이오."

우리가 물었다.

"야노를?"

"그렇소, 야노요. '야노그란데[2]' 전부를 말이오."

우리는 우리가 원하는 게 그 야노가 아니라 강가에 있는 땅이라고 고개를 똑바로 쳐들고서 얘기하고 싶었다. 우리는 강을 끼고 있는 땅을, 강으로부터 저쪽, 목마황과 목초가 자라나는 땅을 원한다고 말하고 싶었다. 우리가 원하는 것은 '야노'로 불리는 소가죽처럼 질긴 땅이 아니라고.

그러나 그들은 우리한테 항변할 기회를 주지 않았다. 정부에서 나온 농지 개혁 위원회 대표는 대화를 하러 온 게 아니었다. 그는 우리 손에 문서를 쥐어 주며 이렇게 말했다.

---

2) '야노'는 '평원'이나 '황무지'를, '야노그란데'는 '대평원'을 의미하는 에스파냐어. 이 책에서는 멕시코 할리스꼬 주 남쪽에 위치한 해발 900~1500미터의 척박한 땅을 지칭한다.

"당신들만 땅을 너무 많이 갖게 되었다고 놀라지 마시오."

"위원장님, 그 야노는……."

"족히 수천, 수만 평이 넘을 거요."

"하지만 물이 없습니다. 입술을 적실 물조차 없다고요."

"지금 날씨 탓을 하는 거요? 당신들에게 관개용수가 공급되는 땅을 무상으로 주겠다고 말한 사람은 아무도 없소. 이제 비만 오면 옥수수들이 기지개를 펴듯 쑥쑥 자랄 거요."

"그렇지만 위원장님, 땅이 단단해서 물이 스며들지 않습니다. 그 야노는 채석장이나 다름없어 쟁깃날이 들어가지 않고, 설사 곡괭이질을 해서 씨를 뿌린다 한들, 싹이 돋아날지는 장담 못 합니다. 옥수수는 고사하고 아무것도 나지 않는다, 그겁니다."

"그런 건 서면으로 항의하고, 자, 이제 다들 가 보도록 해요. 당신들이 따질 상대는 대지주이지, 당신들한테 땅을 준 정부가 아니오."

"위원장님, 우리 얘기 좀 들어 보십시오. 우리는 지금까지 정부에 맞선 적이 없습니다. 우리가 맞선 것은 죄다 야노였다고요……. 하지만 안 되는 것은 안 되는 겁니다. 우리가 말하려 했던 건 바로 그겁니다……. 위원장님, 무슨 말인지 설명할 테니 잠시만 기다려 주십시오. 그러니까, 그게 무슨 말인고 하면……."

그러나 그는 우리 이야기를 듣고 싶어 하지 않았다.

그들은 그렇게 우리에게 땅을 주었다. 그들은 뜨거운 화덕 위에 아무 씨앗이나 뿌리기를, 그래서 저절로 싹이 트고 잎이 돋아나기를 원했다. 그러나 여기서는 아무것도 싹을 틔우지 못할 것이다. 하물며 까마귀조차 살지 못할 것이다. 우리 중의 누군가가 고개를 들고서 저기, 허공으로 날아오르는 날짐승을 보고 있다. 척박하기 이를 데 없는 텅 빈 땅을 떠나 더 높은 곳으로 올라가고자 바지런히 날갯짓을 해 대는 까마귀를. 그 어느 것 하나 삶의 기척이 없는 대지 위를 우리는 마치 뒤로 물러나듯 비척비척 걷고 있다.

멜리똔이 입을 연다.

"이게 바로 그들이 우리한테 준 땅이다, 이거야."

그 말을 파우스띠노가 받는다.

"뭐라고?"

나는 아무 말도 하지 않는다. 그저 마음속으로만 생각한다. '멜리똔은 지금 제정신이 아니야. 저 친구를 저렇게 만든 것은 불볕이야. 모자를 뚫고 들어온 뜨거운 불볕이 저 친구 머리통을 달궈 놓은 거야. 그러지 않고서야 어떻게 저런 말을 지껄일 수 있지? 어이, 멜리똔, 그들이 우리한테 땅을 주었다고? 대체 무슨 땅을 주었다는 거지? 여기는 회오리바람도 피해 가는 곳이라고.'

멜리똔이 다시 입을 연다.

"뭔가 쓸모가 있겠지. 암말이라도 뛰어놀 수 있을 게 아냐."

"암말?" 에스떼반이 묻는다.

나는 여태까지 에스떼반을 똑바로 보지 않았다. 그런데 그가 밑자락이 배꼽을 겨우 가린 외투 속에 손을 집어넣더니 무엇인가를 꺼낸다. 얼핏 보니 닭대가리 같다.

맞다. 색깔이 요란한 게 틀림없이 암탉이다. 눈꺼풀이 축 처지고 주둥이가 하품하듯 벌어져 있다. 그제야 나는 입술을 뗀다.

"이봐, 에스뗴반, 어디서 슬쩍했지?"

"내 거야." 그가 대답한다.

"분명 못 보던 놈인데, 어디서 훔친 거냐고?"

"훔치긴, 축사에서 키웠넌 놈이야."

"그러면 잡아먹을 요량으로 데려온 거야?"

"천만에, 키우려고 데려왔지. 내가 떠나면 누가 먹이를 챙겨 주겠어. 그래서 먼 길 나설 때마다 데려갔다고."

"그렇게 넣고 다니다간 숨도 못 쉴 텐데 밖에 좀 내놓지 그래."

그가 암탉을 양팔로 고쳐 안고서 뜨거운 열에 바짝 달아 오른 입으로 바람을 불어 준다. 그가 다시 입을 연다.

"이제 벼랑 끝에 다 와 가는군."

나는 이미 에스뗴반이 지껄이는 말을 듣지 않았다. 우리는 벼랑을 내려가기 위해 한 줄로 늘어선다. 에스뗴반이 암탉 머리가 바위에 부딪히지 않도록 다리를 붙잡고서 허공에 흔들어 대며 앞장을 선다.

우리는 다리에 온몸을 내맡기듯 언덕길을 내려간다. 내려갈수록 흙이 곱다. 걸음을 내딛을 때마다 마치 노새가 뛰어 내려가듯 발밑으로 흙먼지가 인다. 그러나 우리는 흙먼지를 뒤집어쓰는 게 좋다. 마냥 좋다. 땅거죽이 딱딱한 황무지를 무려 열한 시간이나 걷고 난 뒤라 흙먼지가 좋고 흙냄새가 좋다. 그렇게 좋을 수가 없다.

강 위쪽, 푸른 목화황 숲 위로 차찰라까[3]들이 무리를 지어 날고 있다. 그 정경 역시 그렇게 좋을 수가 없다.

개 짖는 소리가 들린다. 마을에서 불어오는 바람에 실린 그 소리가 귓전을 스치며 언덕으로 향한다. 언덕이 온통 소리에 휩싸인다.

마을 어귀에 들어서자마자 에스떼반이 암탉을 풀어 준다. 그러고는 암탉을 좇아 용설란 뒤쪽으로 사라진다.

"여기서 키워야겠어!" 에스떼반이 소리친다.

우리는 마을 안쪽으로 들어간다.

그들이 우리에게 주었던 땅은 저 위에 있다.

---

3) 등이 밤색이고 가슴이 하얀색인 남아메리카 자생 들닭.

# 꼬마드레스[4] 언덕

죽은 또리꼬 형제는 나에게 좋은 친구였다. 사뽀뜰란에서는 좋아하지 않았어도 형제는 죽기 얼마 전까지 나와는 좋은 사이였다. 내가 사뽀뜰란 사람들이 형제를 좋아하든 말든 전혀 개의치 않았던 이유는 그들이 나도 달갑게 여기지 않았던 탓이다. 사뽀뜰란 사람들은 꼬마드레스 언덕 마을에 살던 우리를, 그러니까 또리꼬 형제와 나를 절대 좋은 눈으로 볼 수 없었다. 해묵은 시절부터 말이다.

또리꼬 형제는 꼬마드레스 언덕 마을 사람들과도 사이가 좋지 않았다. 양쪽의 불화는 오래된 일이었다. 말은 잘 안 했지만 모든 땅과 거기서 나오는 것들이 그들 차지였고, 설사 그것들을 나눌 경우에도 부락민 예순 명에게 돌아갈 몫이 그들

---

4) '대모(代母)들'이라는 뜻의 에스파냐어.

뭇과 똑같았다. 마을 사람들은 산자락 귀퉁이에 흩어져 살면서 용설란을 재배했다. 내가 일하던 종묘장(種苗場)도, 저 아래 펼쳐진 푸른 산등성이 열여덟 군데도 형제인 오딜론 또리꼬와 레미히오 또리꼬 소유였다. 그러나 아무도 따지지 않았다. 다들 그냥 그렇게 알고 있었다.

그 무렵 꼬마드레스 언덕에는 사람들이 살지 않았다. 세월이 흐르면서 하나둘씩 떠나갔다. 누군가가 말뚝 위에 세워진 파수대(把守臺)를 지나 떡갈나무 숲으로 사라진 뒤에는 다시 돌아오지 않았다. 다들 그렇게 떠나고, 그길로 끝이었다.

나 역시 떠나고 싶었다. 사람들이 떠난 저 산 너머에 무엇이 있는지 알고 싶어 안달이 날 지경이었다. 하지만 떠나지 않았다. 언덕의 땅이 마음에 들었고, 또리꼬 형제의 좋은 친구였기 때문이다.

나는 해마다 종묘장에 옥수수나무와 콩을 심었는데, 그곳은 까베사델또로[5]라고 불리는 절벽까지 비탈을 이루는 언덕 위에 있었다.

그곳은 나쁜 땅이 아니었다. 그러나 비가 내리기 시작하면 진흙탕으로 변하다가, 나중에는 뾰족한 돌멩이들이 흡사 시간을 두고 자라나는 밑동 잘린 그루터기처럼 땅을 뚫고 나왔다. 그런데도 옥수수나무는 잘 자라고, 강냉이 맛은 기가 막히게 달았다. 거기서 자란 강냉이는 또리꼬 형제 것과 달리 탄산염을 뿌려 줄 필요조차 없었다.

---

5) '황소 머리'라는 뜻의 에스파냐어.

그러나 그 모든 것이 다 있고, 거기 푸른 언덕 밑으로 더 좋은 땅이 있는데도 사람들은 마을을 떠났다. 사람들이 떠난 곳은 사뽀뜰란 쪽이 아니라 다른 쪽, 그러니까 산의 속삭임이 들려오는, 떡갈나무 향기를 머금은 바람이 불어오는 쪽이었다. 사람들은 하나같이 말없이 떠났다. 또리꼬 형제가 저질렀던 온갖 악행에 대해 따질 일이 차고 넘쳤지만 용기가 없었다.

그렇게 세월이 흘렀다.

사람들은 돌아오지 않았다. 또리꼬 형제가 죽었지만 다시 돌이오지 않았나. 나는 떠난 사람들을 기다렸다. 아무도 돌아오지 않았다. 나는 떠난 자들의 집을 지켰다. 천장을 고치고 벽에 뚫린 구멍을 나뭇가지로 막았다. 그런데도 끝내 돌아오지 않아 나중에는 그냥 내버려 두었다. 세월이 흘러도 포기하지 않고 찾아오는 것은 해마다 중엽쯤에 내리는 소나기와 무섭게 들이닥쳐 기왓장까지 날려 버리는 2월의 폭풍이었다. 그리고 날짐승들이 간간이 찾아들었는데, 까마귀들은 마치 어디가 비었다는 사실을 다 안다는 듯이 지면에 깔리듯 낮게 날며 음산하게 울어 댔다.

또리꼬 형제가 죽고 난 뒤에도 모든 것은 그대로였다.

예전에는 여기서, 그러니까 지금 내가 앉아 있는 곳으로부터 사뽀뜰란이 한눈에 들어왔다. 낮이든 밤이든 멀리 그 윤곽이 뽀얗게 드러났다. 지금은 쉴 새 없이 불어오는 바람이 빽빽하게 자라난 하리야[6]를 마구 흔들어 대는 탓에 아무것도 보이

---

6) 천남성과에 속하는 관목.

지 않지만 말이다.

예전에는 또리꼬 형제 역시 여기를 찾았다. 형제는 날이 어두워질 때까지 종일 쪼그려 앉아 있었다. 나는 처음에 그들이 잡념을 떨쳐 내거나 사뽀뜰란으로 나들이를 가고 싶어 한다고 생각했는데, 나중에야 내 생각이 틀렸다는 것을 알았다. 그들이 주시한 것은 사뽀뜰란이 아니라 메디아루나 언덕에 있는 오꼬떼[7] 숲까지 쭉 뻗은 모랫길이었다.

나는 레미히오 또리꼬보다 더 멀리 볼 수 있는 능력을 가진 사람을 본 적이 없다. 그는 애꾸였다. 성한 눈마저 검은 데다 절반쯤 닫혀 있었지만 모든 사물을 자기 손바닥에 올려놓고 들여다보는 것 같았다. 멀리 큰길에서 움직이는 것들을 구별하는 데 한 치의 오차도 없었다. 형제는 그런 식으로 큰길의 동정을 살피다가 어떤 것에, 누군가에게 시선이 꽂히면 자리에서 일어났고, 그때부터 한동안 마을에서 사라졌다.

두 형제가 사라지면 마을 사람들이 달라졌다. 다들 기다렸다는 듯이 산속 동굴에 가두고 키우던 염소나 칠면조 새끼를 축사로 내몰았다. 옥수수와 누런 호박을 마당에 내놓고서 햇빛에 말렸다. 산봉우리에서 불어오는 바람이 평소보다 훨씬 차가웠지만 어찌 된 일인지 다들 좋은 날씨라고 말했다. 동이 트면 고즈넉한 곳이 그러하듯 길게 목청을 뽑아 대는 수탉의 울음소리가 평온한 마을이라는 생각이 들게 만들었다.

그런데 또리꼬 형제가 돌아오면서 마을은 본래의 모습을

---

7) 아메리카 소나무.

되찾았다. 형제는 나타나기도 전에 자신들의 도착을 알렸다. 개들이 큰길로 나가서 주인이 보일 때까지 짖어 댔던 것이다. 마을 사람들은 개 짖는 소리로 그들이 오는 방향이며 거리와 시간을 가늠했고, 몰래 내놓았던 짐승이나 물건을 서둘러 감추었다. 항상 그랬다. 형제는 마을로 돌아오면서 두려움도 함께 가져왔다.

그러나 나는 또리꼬 형제를 두려워한 적이 없다. 나는 그들과 좋은 친구였다. 오히려 그들의 사업에 동참하고 싶어서 내가 조금만 너 섦었으면 좋겠다고 생각한 적도 있었다. 내 나이가 문제였다. 내가 나 자신의 처지를 자각한 것은 그들을 도와서 어떤 마부의 짐을 훔치던 날 밤이었다. 그날 나는 삶을 이미 소진한 내가 더 이상의 완력을 지탱할 수 없다는 현실을 깨달았다.

비가 쏟아지고 있었다. 나는 설탕을 날라 달라는 그들의 부탁을 받아들이긴 했지만 막상 길을 나서고 보니 가히 엄두가 나지 않았다. 내심 당황했다. 길을 파헤쳐 버릴 만큼 무지막지하게 쏟아지는 폭우 속에서 어디가 어디인지 분간조차 못 했으니 말이다.

그들은 멀지 않은 곳이라고 말했다. "한 십오 분만 가면 될 거요." 그러나 메디아루나에 이르렀을 때는 어둠이 내려앉기 시작했고, 깜깜한 밤중에서야 마부가 있는 곳에 도착했다.

마부는 누가 오는지 관심조차 없었다. 웅크린 자세로 털썩 주저앉아 있는 모습이 또리꼬 형제를 기다린 게 확실했다. 적어도 내 생각은 그랬다. 우리가 한참 설탕 자루를 챙기는 동안에도 마부의 모습은 그대로였다. 손가락 하나 까닥이지 않았다. 나는 또리꼬 형제에게 물었다.

"저렇게 축 처진 게 꼭 죽은 사람 같은데."

"죽기는, 잠든 거지." 그들이 대답했다. "물건을 잘 지키라고 단단히 일렀는데, 기다리다 지쳐서 잠이 든 모양이군."

나는 마부에게 다가가서 발끝으로 허리를 툭 건드렸다. 반응이 없었다.

"죽었는데." 내가 말했다.

"그게 아니라, 잠시 정신이 나간 거요. 오딜론이 장작으로 대갈통을 갈겼거든. 하지만 이제 곧 해가 뜨면 기운을 차리고 자기 집으로 돌아가겠지. 그러니 우리도 어서 짐이나 챙겨 돌아가자고!" 그게 그들이 나에게 한 말이었다.

나는 다시 발끝으로 시신을 툭 건드렸다. 가슴팍에서 마른 통나무 걷어차는 소리가 났다. 나는 짐을 어깨에 메고 앞장섰다. 또리꼬 형제가 내 뒤를 따랐다. 나는 한참 그들이 흥얼거리는 노랫소리를 들었지만 날이 샜을 때는 이미 듣지 않았다. 그토록 불어 대는 바람이 그들의 노랫소리를 실어 갔지만 내 귀에 주인을 마중 나온 개들의 울음소리가 들릴 때까지 그들이 따라오는 것조차 몰랐다.

그렇게 해서 나는 알았다. 또리꼬 형제가 날이면 날마다 내 집 바로 옆에 쪼그리고 앉아서 멀리 큰길을 주시하던 저간의 사정을.

나는 레미히오 또리꼬를 죽였다.

그 무렵 마을에는 사람이 거의 남아 있지 않았다. 처음에는 하나둘, 그러다가 떼를 지어 떠났다. 해마다 찾아온 냉해로 농사를 망쳤다. 그래도 마찬가지였다. 그래서 떠났다. 다들 올해도, 내년에도 그럴 것이라고 확신했다. 연례행사처럼 반복되는 재해에다 또리꼬 형제의 등쌀을 더 이상 견디지 못했다.

그리하여 내가 레미히오 또리꼬를 죽였을 때 꼬마드레스와 그 일대 언덕에는 인적을 찾기 힘들었다.

그 일은 10월에 일어났다. 밤하늘에 커다란 보름달이 떠 있던 것으로 기억한다. 내가 환한 달빛 아래서 구멍이 뚫린 자루를 대침으로 꿰매고 있을 때 레미히오 또리꼬가 나타났다.

어디서 술을 잔뜩 마신 모양이었다. 내 앞에 떡 버티고 선 그의 몸이 좌우로 비틀거릴 때마다 바느질을 도와주던 달빛이 나타나다 사라지기를 반복했다.

"삐딱한 건 좋은 게 아냐." 그가 한참 만에 입을 열었다. "난 반듯한 게 좋은데, 어디 마음대로 해 보라고. 내 오늘은 반드시 그 삐딱한 것을 바로잡고 말 테니까."

그러나 나는 묵묵히 바느질에 집중했다. 바느질하기에 더없이 좋은 달밤이었다. 하지만 그는 그런 내가 자기 말을 무시한다고 생각한 모양이었다.

"지금 난 당신 얘기를 하는 중이야!" 그가 화를 내면서 소리를 질렀다. "당신은 내가 온 이유를 잘 알 텐데."

그제야 나는 바짝 다가서며 다그치는 그의 말에 내심 놀라면서도 대체 얼마나 화가 났는지 궁금해 그의 얼굴을 빤히 쳐다보았다. 마치 무슨 일로 왔느냐고 묻듯이.

그래서인지 그는 한결 누그러진 목소리로 나 같은 자는 방심할 때 들이닥쳐야 한다며 본심을 토해 냈다.

"당신이 저지른 일을 얘기하자니 속이 타는군. 이봐요, 오딜론이나 당신이나 둘도 없는 친구였어. 그러니 오딜론이 어떻게 죽었는지 다 털어놓으시지."

나는 손에 들고 있던 자루를 한쪽에 내려놓았다.

나는 그가 오딜론의 죽음을 왜 나한테 따지는지 그 이유를 알고 있었다. 나는 오딜론을 죽이지 않았다. 그를 죽인 자가 누구인지 말해 줄 수도 있었다. 그러나 그는 자초지종을 설명할 기회를 주지 않았다.

"오딜론과 나는 서로 싸우면서 컸어." 그가 다시 입을 열었다. "그건 당신이 이해하기 힘든 어떤 건데, 오딜론은 아무하고나 맞짱을 떴지만 거기로는 지나다니지 않았어. 몇 번 당했거든. 그래서 하는 말인데, 난 오딜론이 당신한테 뭐라고 했는지, 아니면 당신한테서 뭘 빼앗으려고 했는지, 무슨 일이 일어났는지 알아야겠어. 오딜론이 당신을 흠씬 패 주려고 하자, 당신 잽싸게 선방을 날렸겠지. 아니면 어떤 꿍꿍이가 있었거나."

나는 그게 아니라고 고개를 저었다. 나와는 아무런 상관이 없다고…….

"잘 들어." 그러나 그는 내 말을 가로챘다. "그날 오딜론의 셔츠 호주머니에 14페소가 들어 있었어. 하지만 오딜론을 챙기면서 주머니를 뒤졌더니 그 돈이 없어졌더군. 한데 당신은 담요를 새로 샀단 말이지."

맞는 말이었다. 나는 사뽀뜰란에서 담요를 샀다. 이제 곧 추위가 들이닥칠 텐데 담요가 워낙 낡았던 것이다. 그러나 그 돈은 내가 키운 염소 두 마리를 팔아서 생긴 돈이었다. 게다가 레미히오는 내가 꿰매고 있는 자루가 아직 제대로 걷지 못하는 새끼 염소를 넣고 다닐 때 쓰는 것임을 모를 리가 없었다.

"당신도 알 거야. 오딜론을 죽인 놈이 누가 되었든 내 이번 만큼은 반드시 그 빚을 갚아 줄 생각이라는 거. 물론 난 그놈이 누군지도 알고 있지." 그는 내 머리 바로 위에서 으르렁거렸다.

"그러니까 내가 그랬다는 거야?" 내가 물었다.

"당신 말고 누가 더 있지? 오딜론과 나, 우리는 개망나니였어. 당신도 그렇게 생각할 거야. 물론 우리가 아무도 죽이지 않았다고 말하진 못 해. 하지만 하찮은 일로 누구를 죽인 적은 결코 없었어. 그게 내가 당신한테 하고 싶은 말이라고."

10월의 보름달이 축사 위로 가까이 떠 있고, 담벼락에는 레미히오의 그림자가 길게 늘어뜨려져 있었다. 나는 그가 살구나무가 서 있는 쪽으로 걸어가서 내가 늘 보관해 두는 낫을 집어 들고 돌아서는 것을 지켜보았다.

한편 그가 자리를 뜨면서 자루에 꽂힌 대침이 환한 달빛에 날카롭게 번득였는데, 왜 그랬는지는 잘 모르지만, 나는 대침을 보는 순간에 어떤 자신감이 들었다. 그래서 그가 손에 낫을 들고 돌아왔을 때, 나는 대침으로 그의 복부를 찔렀고, 더 들어갈 수 없을 때까지 깊숙이 쑤셔 넣었다.

그는 마치 극심한 복통을 일으킨 사람처럼 온몸을 뒤틀면서 앞으로 꼬꾸라지는가 싶더니 바닥에 털썩 주저앉았다. 그의 눈가에 당혹한 빛이 스쳤다.

순간이나마 그는 낫을 휘두르려고 몸을 일으켜 세웠지만 공연한 몸부림에 지나지 않았다. 후회하는 것인지, 아니면 무엇을 어떻게 할지 모르는 것인지 손에 쥔 낫을 떨어뜨리며 다시 사지를 웅크렸다. 그게 다였다.

나는 그의 눈길에 담긴 슬픈 시선을 보았다. 이제 막 엄습하는 통증을 느끼는 것 같았다. 근래에 나는 그렇게 슬픈 눈빛을 띤 사람을 본 적이 없었다. 안쓰러웠다. 그래서 그의 복부에 박힌 대침을 뽑아 조금 더 위쪽으로 쑤셔 넣었다. 이번에는 그의 심장이 분명했다. 그의 몸이 졸지에 목이 잘린 암탉처럼 두세 번 뒤뚱거리더니 쭉 뻗어 버렸다.

내가 이런 말을 했을 때, 그는 이미 숨이 끊어진 뒤였다.

"이봐, 레미히오, 자네는 나를 지목했지만, 나는 오딜론을 죽이지 않았어. 오딜론이 죽었을 때 난 그 근처에 있었지. 오딜론을 죽인 건 그들이었어. 알까라세스 패거리 말이야. 그들이 덮치고 난 뒤였는데 죽어 가고 있더군. 그렇지만 레미히오, 왜 그런 줄 알아? 오딜론은 사뽀뜰란에 가지 말아야 했어. 그 이유는 자네가 알겠지. 늦든 빠르든 언젠가는 일어날 수밖에 없었다는 걸. 오딜론을 기억하는 자들이 너무 많아. 알까라세스 패거리도 오딜론을 좋아하지 않았어. 물론 자네나 나나 오딜론이 왜 알까라세스 패거리 일에 끼어들었는지 그건 모르지만.

순식간에 터진 일이었어. 내가 담요를 사 들고 나오는 바로 그 시간에 오딜론이 알까라세스 패거리 얼굴에 용설란 술을 끼얹었지. 오딜론은 장난이었어. 누가 봐도 재미있고, 그랬으니 다들 웃었고. 하지만 모두가 술에 취해 있었어. 오딜론도 취했고, 패거리도 취했고, 다들 말이지. 한데 그들이 느닷없이 오딜론을 덮치고는 칼로 찔러 댄 거야. 더는 찌를 데가 없을 때까지.

이제 알겠지만 나는 자네 형을 죽이지 않았어. 나는 이제라도 자네가 내가 어느 쪽도 아니라는 걸 알았으면 해."

그게 죽은 레미히오 앞에서 내가 했던 말이다.

내가 옥수숫대로 엮은 광주리를 챙겨 꼬마드레스 언덕으로 돌아왔을 때, 달은 이미 언덕 저쪽으로 기울어져 있었다. 나는 빈 광주리를 제자리에 갖다 놓기 전에 핏자국이 씻겨 내려가도록 실개천에 담그고서 한참을 기다렸다. 나한테 없어서는 안 될 광주리에 피가 묻은 것만큼은 영 내키지 않았다.

나는 그 일이 10월에, 그러니까 사뽀뜰란 축제가 한창일 때 일어났던 것으로 기억한다. 그 기간에 사뽀뜰란에서는 폭죽을 터뜨렸는데, 내 기억에 그날 나는 폭죽이 터질 때마다 소뻴로떼[8] 떼가 커다란 날개를 퍼득이며 날아오르던 쪽으로 죽은 레푸히오를 내던져 버렸다.

그게 내가 기억하는 것이다.

---

8) 까마귀와 유사한 맹금류.

# 우리는 너무 가난하답니다

모든 게 엎친 데 덮친 꼴입니다. 지난주에 하신따 숙모가 세상을 떠나 토요일에 장례식을 치렀고, 죽음이 남긴 슬픔을 겨우 삭이는가 싶었는데 전에 없는 큰비가 퍼붓기 시작했습니다. 아버지는 잔뜩 화가 났습니다. 느닷없는 폭우에 마당에서 말리던 보리를 한 줌도 못 건졌기 때문입니다. 우리가 할 수 있는 일은 아무것도 없었습니다. 움막 밑에 모여 앉아 차가운 비로 인해 거무스름하게 썩어 가는 갓 수확한 누런 보리를 멀뚱하게 지켜보기만 했습니다.

그리고 바로 어제였습니다. 우리 식구는 암소가 강물에 떠내려갔다는 사실을 알았습니다. 아버지가 열두 살 생일을 맞이한 따차한테 선물한 암소 말입니다.

강물은 사흘 전 새벽녘부터 엄청나게 불어나기 시작했습니다. 세상모르게 잠을 자던 나는 천둥 같은 소리에 깜짝 놀라

깨어났고, 그 소리에 금방이라도 지붕이 폭삭 내려앉을 것 같아 모포를 움켜쥔 채 벌떡 일어났습니다. 하지만 금방 다시 잠이 들었습니다. 평소에 듣던 강물 소리였기 때문입니다.

내가 다시 눈을 떴을 때는 구름이 잔뜩 끼어 있었습니다. 강물 소리는 더 크게 들렸습니다. 무엇인가가 타는 것 같은 냄새도 나는데 강물에 바닥이 뒤집히면서 올라오는 썩은 냄새였습니다.

나는 밖으로 나갔습니다. 강물이 강둑을 넘었습니다. 마을 길이 온통 물바다를 이루고, 자꾸 불어나는 물이 사람들이 '땀보라'[9]라고 부르는 여자 집으로 흘러들었습니다. 축사로 졸졸 흘러 들어간 물이 나올 때는 콸콸 소리를 냈습니다. 그녀는 축사를 이리저리 바삐 오가면서 닭들을 내쫓았습니다. 짐승들이 물살 닿지 않는 곳으로 피하도록 말입니다.

그리고 저쪽으로, 강이 돌아 나가는 곳으로 누가 옮겨다 놓았는지 커다란 따마린도[10]가 보였습니다. 세상을 떠난 하신따 숙모 집 앞마당에 심어져 있던 나무입니다. 우리 마을에 하나밖에 없는 나무까지 떠내려간 것으로 보아 지난 몇 년 동안 흘렀을 강물보다 더 많은 강물이 흘렀다는 것을 알 수 있었습니다.

오후에는 따차와 함께 다시 밖으로 나갔습니다. 갈수록 불어나 흙탕물로 변하는 강물에 마을의 다리까지 잠겼습니다. 우

---

9) '큰북' 혹은 '드럼통'이라는 뜻의 에스파냐어.
10) 콩과에 속하는 상록수. 몸통이 굵고 25미터까지 자란다.

리는 시간 가는 줄도 모른 채 사납게 흐르는 강물을 지켜보다가 언덕배기로 올라갔습니다. 거기서는 물 흐르는 소리에 묻혔던 사람들의 이야기가 훨씬 더 잘 들렸습니다. 하나같이 이번 비로 피해를 입은 이야기에 열을 올렸습니다. 거기서 우리는 불어난 강물이 세르뻰띠나[11]를 데려갔다는 사실도 알았습니다. 세르뻰띠나는 아버지가 따차에게 생일 선물로 준, 한쪽 귀에 검은 반점이 찍혀 있고 눈이 무척 예쁜 하얀 암소입니다.

나는 세르뻰띠나가 왜 강을 건넜는지 아무리 생각해도 이해할 수 없습니다. 내가 알기로 녀석은 평소에 우둔하지 않았습니다. 녀석은 잠이 들었다가 죽었을 것입니다. 축사 문을 열어 주면, 잠을 깨워 달라고 나한테 오곤 했는데, 이번에는 오지 않았던 것으로 봐서 종일 눈을 감고 있었던 모양입니다. 마치 잠든 소처럼 한숨 소리를 내면서 말입니다.

그런데 녀석은 필시 잠이 들었을 것입니다. 어쩌면 거친 물살이 등줄기까지 차오르자 잠에서 깨어나야 한다고 생각했을지도 모릅니다. 어쩌면 그제야 깜짝 놀라 집으로 돌아가야 한다고 생각했지만 마치 움직이는 땅처럼 세차게 들이닥친 흙탕물에 허우적거리다가 휩쓸려 갔는지도 모릅니다. 어쩌면 도움을 청하며 서럽게 울었는지도 모릅니다.

우리 암소가 울었는지는 하느님만 아실 겁니다.

나는 어떤 아저씨에게 혹시 암소를 못 봤느냐고 물었습니다. 암소와 함께 있는 어린 송아지를 못 봤느냐고. 그 아저씨

---

11) '뱀'이라는 뜻의 에스빠냐어.

는 봤는지 안 봤는지 모르겠다고 대답했습니다. 딱 한 번, 눈 앞에서 어떤 얼룩소가 거꾸로 뒤집힌 채 떠내려갔는데, 저만 치 물속에서 한 바퀴 몸을 돌리는가 싶더니, 그 뒤로 아예 안 보였다고 말했습니다. 게다가 뿌리째 뽑힌 나무들까지 떠내 려가는 강물 속에서 땔감을 건져 내기 바빴던 터라 짐승인지 통나무인지조차 분간하기 힘들었다는 말을 덧붙였습니다.

그게 전부입니다. 송아지가 살아 있는지, 아니면 어미를 따 라갔는지 우리는 모릅니다. 만일 그렇게 되었다면 하느님이 어미 소와 송아지를 보호해 줄 겁니다.

우리 집에 내일 당장 무슨 일이 일어날지는 아무도 모릅니 다. 우리 아버지는 따차를 위해 열심히 일해서 송아지 세르뻰 띠나를 샀고, 어미 소가 될 때까지 키웠습니다. 셋째 딸만큼은 첫째와 둘째처럼 몸을 파는 창녀가 되지 않기를 바랐기 때문 입니다.

아버지 이야기에 따르면, 첫째와 둘째 누나는 집안이 너무 가난한 데다 행실이 좋지 않아 몸을 망쳤다고 합니다. 누나들 은 어려서부터 불만이 많았던 모양입니다. 이른 나이에 못된 남자들과 어울렸습니다. 휘파람 부는 법을 빨리 이해하고 빨 리 터득했습니다. 한밤중에 휘파람 소리가 들리면 집 밖으로 나갔습니다. 나중에는 대낮에도 나갔습니다. 툭하면 물을 길 어 온다며 강가로 나갔고 툭하면 축사로 들어갔습니다. 그때 마다 홀라당 옷을 벗고 바닥에 드러누운 누나들을 남자들이 덮쳤습니다.

아버지는 두 딸을 내쳤습니다. 참고 또 참았지만 결국에는 더 참을 수 없게 되자 집 밖으로 내쫓았던 것입니다. 누나들은 아유뜰라로 갔습니다. 어디 있는지 모르지만 여전히 몸을 팔고 있습니다.

그 일로 온갖 굴욕을 겪은 아버지가 이번에는 셋째 딸 걱정에 몹시 속이 상해 있습니다. 아버지는 셋째 딸이 두 딸처럼 되지 않았으면 합니다. 따차는 자기 암소가 없어진 것을 알게 되면 가난하다는 사실에 상심할 테고, 앞으로는 낙도 없다고, 항상 자신만을 사랑해 주는 좋은 남자와 결혼도 못한다고 생각할 것입니다. 그래서 우리는 앞으로가 더 걱정입니다. 암소가 있었을 때는 따차와 결혼하고 싶어 하는 남자들이 없지 않았습니다. 결혼하면 예쁜 암소도 데려갈 수 있었으니 말입니다.

우리 가족한테 남은 유일한 희망은 어린 송아지라도 살아 있는 것입니다. 어미 소를 따라 강을 건너지 않았으면 얼마나 좋을까요. 따차는 몸을 팔지 않아도 될 테니까요. 우리 어머니도 원하지 않는 일이니까요.

어머니는 하느님이 왜 당신의 딸자식들한테 이런 형벌을 내리는지 모르겠다고 말합니다. 어머니는 당신의 할머니 때부터 당신의 가족들 중에 나쁜 죄를 지은 사람이 없었다고 합니다. 다들 어려서부터 주님을 두려워할 줄 알았고, 부모한테 순종했고, 남한테 불손한 짓을 한 적이 없답니다. 모두가 집안 풍습을 지키며 살았답니다. 우리 어머니는 대체 어디서 그런 딸자식이 둘이나 기어 나왔는지 모르겠다며 안타까워합니다. 어머니는 도저히 믿으려 하지 않습니다. 과거의 모든 기억을 들추어 봐도 똑같이 행실이 나쁜 딸자식을 둘이나 낳아야 했던 잘못을 저지른 적도, 죄를 지은 적도 없다고 합니다. 어머니는 납득하지 못합니다. 딸자식을 떠올릴 때마다 울면서 말합니다. "하느님이 너희 둘을 지켜줄 것이다."

그러나 아버지는 더 이상은 어쩔 도리가 없다며 부아를 냅니다. 따차가 위험하다는 것입니다. 하긴 오꼬뼤처럼 쑥쑥 자라난 따차는 누나들이 그랬던 것처럼 벌써부터 앞가슴이 봉긋 솟아올라 뭇 사내들의 시선을 끌기에 충분합니다. 아버지는 이렇게 말합니다.

"언제 어딜 가든 다들 저 애한테 눈독을 들일 거야. 그렇게 끝장나고 말겠지. 내가 봐도 그러니, 빤하지 뭐."

그게 바로 우리 아버지의 굴욕입니다.

따차는 자기 암소가 다시는 돌아오지 않을 거라며 울고 있습니다. 여기 언덕배기에서, 바로 내 곁에서 장밋빛 원피스를 입은 따차가 사납게 흐르는 강물을 내려다보며 울고 있습니다. 따차의 얼굴에는 마치 더러운 강물이 몸속에 흘러들기라도 한 것처럼 지저분한 눈물이 줄줄 흘러내립니다.

나는 따차를 달래려고 가만히 안아 줍니다. 그러나 따차는 내 마음도 모르는지 펑펑 울기만 합니다. 서서히 차오르던 강물이 강둑으로 흘러넘치는 소리가 따차의 입에서 새어 나옵니다. 저만치에서 풍겨 오는 악취가 눈물로 범벅이 된 누이의 얼굴에 스며들고, 아직은 조그만 누이의 가슴이 들썩입니다. 마치 타락의 시작을 예고하면서 느닷없이 부풀어 오르는 것처럼 말입니다.

# 그자

그의 발이 모랫길에 푹푹 빠지면서 형태 없는 자국을 남겼다. 흡사 짐승의 발바닥 같았다. 그는 오르막길이 나오자 상체를 웅크리듯 앞으로 숙이면서 돌멩이를 밟고 걸었다. 지평선을 찾아서.

"평발이군." 그를 뒤쫓던 자가 말했다. "발가락도 없고. 왼쪽 엄지발가락인데, 이런 발자국을 남기는 자는 흔치 않아. 놈을 따라잡는 건 시간문제야."

개미 통로만큼이나 비좁은 오솔길은 가시덤불과 잡초로 빽빽했다. 하늘을 향해 쭉 뻗은 그 길이 끝나면 더 멀리, 더 먼 하늘 아래로 또 다른 길이 나타났다.

그는 길을 벗어나지 않았다. 발가락에 돌멩이가 차이면서도, 가시덤불에 양팔을 긁히면서도 단단히 못이 박인 발꿈치에 자신을 내맡긴 채 고집스럽게 걸었다. 그리고 지평선이 보일 때마다 잠시 걸음을 멈추고는 여정의 최후를 되뇌었다. "내가 아니라, 네놈의 최후라고." 그리고 그 말을 했던 자를 찾아서 고개를 돌렸다.

바람 한 점 없었다. 들리는 것이라고는 걸음을 내딛을 때마다 부러진 가지에 부딪치는 소리가 전부였다. 길을 더듬어 가면서, 숨소리까지 죽이면서 걷다 보니 기운이 빠졌다. 그가 다시 중얼거렸다. "난 해치우고 말 거야." 그는 그렇게 말한 자를 알고 있었다.

"잡목을 마구잡이로 쳐 대며 여기까지 올라왔군." 그를 뒤쫓는 자가 말했다. "이건 낫칼 자국이야. 그만큼 초조했다는 건데, 초조하면 흔적을 남기게 되지. 머지않아 놈은 길을 잃고 헤맬 수밖에."

시간이 갈수록 기운이 빠지기 시작했다. 지평선을 지나면 또 다른 지평선이 나오고, 언덕을 넘으면 저 멀리 끝없이 올라가는 다른 언덕이 나왔다. 그는 낫칼로 잡목을 쳐 냈다. 가지는 뿌리만큼이나 질겼다. 밑동을 뽑아서 질근질근 씹다가 신경질적으로 내뱉었다. 혀로 입안에 남은 텁텁한 즙까지 모아서 다시 내뱉었다. 허공으로 고요한 정적이 감돌았다. 앙상한 구아헤나무[12] 사이로 구름이 보였다. 잎이 없었다. 잎이 없는 절기였다. 가시와 잎사귀가 바싹 마르는 건조기였다. 초초했다. 그는 낫칼로 마른 풀을 내리치기 시작했다. "이따위 부질없는 짓에 매달릴 바엔 차라리 포기하는 게 낫겠어."

---

12) 아카시아와 비슷한 나무.

그는 자신이 내뱉은 목소리를 들었다.

"놈은 화를 삭이지 못한 거야." 그를 뒤쫓던 자가 말했다. "놈이 스스로 자신의 상태를 밝혔으니, 이제 어디 있는지만 알아내면 끝이라고. 놈이 올라갔으면 올라간 곳까지, 내려갔으면 내려간 곳까지, 지칠 때까지 쫓아가 반드시 끝장을 내 주리라. 네놈은 내가 멈춘 곳에서 멈출 수밖에. 놈은 무릎을 꿇으며 목숨만은 살려 달라고 애걸하겠지. 그러나 난 놈의 목덜미에 총알을 박아 줄 거야……. 암, 그렇게 해 주고말고."

마침내 도착했다. 하늘은 희뿌연 잿빛만 남아 있었다. 대지의 형태는 자취조차 없었다. 어둠 속에서 그는 눈앞에 있는 집을 응시했다. 굴뚝에는 마지막 불씨가 남긴 연기가 피어오르고 있었다. 그는 무심코 낫칼을 쥔 손으로 문을 두드렸다. 개 한 마리가 다가와 그의 무릎을 핥았다. 또 한 마리가 꼬리를 치며 그의 주위를 맴돌았다. 그는 빗장이 풀려 있는 문을 가만히 밀었다.

"감쪽같이 해치운 거야." 그를 뒤쫓던 자가 말했다. "깨우지도 않았어. 놈은 다들 세상모르고 잠든 시간에, 한창 꿈을 꾸는 시간에 도착했던 게 분명해. '영원한 안식' 다음으로 깊은 잠에 빠지는 시간에, 자신의 목숨을 밤의 손에 내맡긴 시간에, 육신의 피로로 인해 불신의 끈마저 끊긴 시간에 말이지."

"다 죽이지는 말았어야 했어." 그가 말했다. "적어도 그건 아니었어." 그것은 그가 했던 말이었다.

잿빛 새벽이었다. 차가운 공기가 감돌았다. 그는 반대편으로 방향을 잡았다. 그러나 미끄러지면서 섬뜩한 냉기에 흠칫 놀랐다. 순간 그때까지 손에 꼭 쥐고 있던 낫칼을 떨어뜨렸다. 잡목 사이에서 낫칼의 날이 번득였다. 그 형체가 흡사 몸통이 잘려 나가 죽은 독사 같았다.

그는 잡목들 사이로 길을 트면서 강을 찾아 밑으로 내려 갔다.

저 아래, 꽃이 핀 두송(杜松)들 사이로 강이 보인다. 강은 자신의 몸을 어루만지고 있다. 정적에 잠긴 채 무거운 몸을 휘젓고 있다. 저 혼자 움직이고 있다. 마치 푸른 대지 위에 긴 몸뚱이를 칭칭 휘감은 뱀처럼 곡선을 그리고 있다. 소리는 나지 않는다. 누군가가 그 곁에서 잠을 청하면 숨소리는 들어도 물소리는 못 들을 것이다. 두송에 거미줄처럼 달라붙은 덩굴손이 물속에 잠겨 있다, 마치 흐르는 강물에 절대 흔들리지 않겠다는 듯이.

그는 노란 두송의 노란 꽃 색깔로 강줄기를 찾아냈다. 강물 소리는 듣지 않았다. 단지 어둠 속에서 몸을 비틀고 있는 강을 보았을 뿐이었다. 그는 차찰라까를 보았다. 그 새들은 어제 오후에 무리를 지어 해를 따라갔다가 먼동이 트면서 다시 돌아오고 있었다.

그는 성호를 그었다. 차례대로 세 번을 그었다. "나를 용서하길." 그는 일을 시작했다. 마지막 일을 처리했을 때, 그의 얼굴은 온통 눈물범벅이었다. 아니, 눈물이 아니라 땀인지도 몰랐다. 사람을 죽인다는 것은 힘든 일이다. 목숨은 질기다. 설사 죽음을 받아들이더라도 스스로를 지키는 법이다. 낫칼은 이가 무디어져 있었다. 그는 죽은 자들을 향해 다시 내뱉었다.

"부디 나를 용서하길."

"놈은 강변의 모래톱에 앉아 있었어." 그를 뒤쫓던 자가 말했다. "바로 여기서, 여기 앉아서 꿈쩍도 하지 않았어. 새벽안개가 걷히길 기다렸겠지. 하지만 그날 해는 뜨지 않았어. 다음 날도 마찬가지였고. 난 지금도 똑똑히 기억하고 있어. 그날은 일요일이었어. 그날 우리는 죽은 애를 묻으러 갔거든. 이제 갓 태어난 핏덩이를. 슬프지도 않았어. 내가 기억하는 그날, 하늘은 잿빛이었지. 오죽했으면 우리가 가져간 꽃들마저 해가 없다는 것을 안다는 듯 생기를 잃은 채 시들어 버렸을까.

놈은 바로 여기 앉아 있었던 거야. 해가 뜨기를 기다리면서. 저쪽으로, 놈의 흔적들이 있었어. 저 덤불 옆 놈이 만든 움막에는, 눅눅한 바닥에는 놈의 체온이 고스란히 남아 있었어."

그는 마음속으로 중얼거렸다. "오솔길을 벗어나지 않았어야 했어. 그 길로 갔으면 이미 도착했을 텐데. 하지만 사람들이 다니는 길을 택하는 건 위험해. 더욱이 이런 몸으로는 사람들의 눈에 쉽게 띌 수밖에. 다들 통통 부은 내 발을 봤으면 이상하게 생각했을 거야. 내 생각은 그래. 내가 잘려 나간 발가락을 느꼈다는 것은 다들 내 발가락을 봤다는 것인데, 나는 보지 못했어. 자각하지 못했던 거야. 그 뒤에도 말이지. 아무튼 이제 나는 내 의지와 상관없이 내 몸에 어떤 표식을 갖게 됐어. 그래서 걸을 때마다 느끼게 되겠지. 어쩌면 발가락 때문에 내가 훨씬 더 쉽게 지쳤는지도 몰라." 이어 그는 이렇게 덧붙였다. "다 죽이지는 말았어야 했어. 꼭 죽여야 했던 자만 죽였으면 좋았을 텐데. 하지만 너무 어두워서 누가 누군지 구별할 수가 있었어야지……. 그랬으면 파묻을 때도 훨씬 덜 힘들었을 텐데."

"네놈은 나보다 먼저 지치게 되어 있어." 그를 뒤쫓던 자가 말했다. "나는 네놈이 가는 곳에 네놈보다 더 먼저 가 있을 거야. 난 네놈의 의도를 잘 알고 있어. 네놈이 누구라는 것과, 네놈이 어디서 왔고, 어디로 가게 된다는 것까지 훤히. 그러니 네놈보다 한발 앞서 가서 기다릴 거라고."

그는 강을 바라다보며 중얼거렸다. "여긴 아니야. 일단은 이 강을 건너야 하는데, 그런 다음에 더 먼 곳으로 가야 하는데, 건너 봐야 도로 똑같은 강가일지도. 안 돼, 다른 곳으로 가야 해. 나를 알아보는 이가 없는 곳으로, 내가 한 번도 가 본 적이 없는, 그래서 아무도 나에 대해 모르는 곳으로 가야 한다고. 그리고 강을 건넌 뒤에는 곧장 걸어가는 거야. 뒤도 돌아보지 않고, 아무도, 아무도 나를 찾아내지 못하는 곳으로."

차찰라까들이 날아가고 있었다. 귀가 따가울 정도로 큰 울음소리를 남긴 채.

"더 밑으로 걸어가는 거야. 여기 이 강은 그물처럼 엮여 자칫 내가 돌아가고 싶지 않은 곳으로 되돌아갈 수도 있어."

"아들아, 아무도 널 해치지 못한단다. 난 너를 지키기 위해 여기 있는 거란다. 그래서 내가 너보다 먼저 세상에 태어났고, 그래서 내가 너보다 더 질겼던 거란다."

그를 뒤쫓던 자는 자신의 목소리를, 자신의 입에서 흘러나오는 목소리를 듣고 있었다. 아무런 의미도 없는 가짜 목소리처럼 느껴졌다.

왜 그런 말을 했던 것일까? 어쩌면 그의 아들이 그를 비웃고 있을 것이다. 아니, 그렇지 않을지도. "어쩌면 놈은 그때 내가 자기를 혼자 놔두었다고 앙심을 품었는지도. 왜냐하면 나도 그랬으니까. 그게 유일한 이유였으니까. 그래서 놈은 나를 찾아왔던 거야. 따라서 놈이 찾던 것은 죽은 너희들이 아니라 바로 나였어. 놈이 꿈꾸었던 것은 죽은 내 얼굴을 보는 거였어. 진흙탕에 처박힌 얼굴, 걷어차이고 짓이겨져서 형체조차 알아보기 힘든 내 얼굴이었어. 내가 놈의 형을 그렇게 만들어 버렸던 것처럼. 그렇지만 그때 나는 당당했어. 놈의 형인 호세 알깐시아에 맞서 정정당당하게 맞짱을 떴으니까. 겁에 질린 채 눈물만 뚝뚝 흘리던 그놈 앞에서 말이지. 그때 나는 알았어. 놈이 반드시 나를 찾아오리라는 것을. 그래서 밤낮 뜬 눈으로 한 달을 기다렸지. 나는 놈이 흉악한 독사처럼 바짝 기면서 슬그머니 나타날 줄 알고 있었거든. 그런데 놈은 늦게 나타났어. 나 역시 늦었어. 놈보다 한발 늦었던 거야. 그래서 핏덩이를 묻어야 했던 거야. 이젠 알고 있어. 그때 내 손에 쥔 꽃들이 왜 그렇게 시들어 버렸는지."

그는 마음속으로 중얼거렸다. "다 죽이지는 말았어야 했어. 힘들게 낑낑대면서까지 등에 지고 날라야 할 가치도 없는 짓이었어. 역시 죽은 자는 산 자보다 무거워. 그건 사람을 녹초로 만드는 짓이야. 난 놈의 얼굴부터 확인해야 했어. 하나씩 만져 봐서 콧수염만 확인하면 되는 일이었어. 깜깜하긴 했지만 놈이 깨기 전에 어떻게 해야 하는지를 알고 있었으니까……. 차라리 잘된 일이었어. 죽은 그들을 위해 울어 줄 사람 없을 테고, 나는 편안하게 살면 되니까. 그러니 이제 이 어둠의 자락이 붙잡기 전에 여길 무사히 빠져나갈 길을 찾는 거야."

그는 강이 좁아지는 협곡 쪽으로 방향을 잡았다. 해는 나오지 않았지만 길바닥에 드리워진 희미한 그림자로 보아 정오가 지난 시간이었다.

"네놈은 걸려들었어." 그를 뒤쫓던, 이제는 강가에 앉아서 그를 기다리던 그가 중얼거렸다. "수렁에 빠진 거야. 몹쓸 죄를 저지르고선 상자 속을 향해 스스로 기어드는 꼴이라고. 난 네놈을 쫓아갈 필요조차 없어. 네놈은 비좁은 협곡 앞에서 되돌아 나올 수밖에 없거든. 이제 나는 기다리기만 하면 돼. 네놈한테 총알을 박아 줄 적당한 곳을 찾아서 말이지. 나는 참을성이 있지만 네놈은 그렇지 못해. 그건 내 장점이야. 내 심장은 혈기를 제어하지만, 네놈의 심장은 썩어 문드러져 있어. 그거 역시 내 장점이지. 네놈은 내일 죽게 되어 있어. 모레, 아니면, 길어야 일주일. 어쨌든 나한테 시간 따위는 중요치 않아. 나는 참을 줄 알거든."

그는 강을 가두고 있는 거대한 절벽 앞에서 혼잣말을 중얼거렸다. "되돌아갈 수밖에 없군."

강은 그 근처에서 폭이 넓고 수심이 깊어진다. 수면 위로 돌출된 바위 하나 보이지 않는다. 수면이 매끈한 게 끈끈하고 칙칙한 기름 덩이를 풀어놓은 것 같다. 강은 간간이 자신이 일으킨 소용돌이로 개구리를 삼킨다. 입맛 다시는 소리조차 내지 않으면서.

"아들아." 강가에 앉아서 그를 기다리던 자가 중얼거렸다. "이젠 너를 죽인 놈이 죽게 되었다는 말조차 필요 없게 되었구나. 하지만 놈을 죽인들 내가 뭘 얻을 수 있을까? 난 너와 함께하지 못했는데. 자초지종을 설명한들 무슨 소용이 있을까?

너와 함께 있어 주지 못했다는 거, 그게 전부란다. 네 엄마와도, 네 형과도, 아니, 어느 누구와도 함께하지 못했으니, 갓 태어난 너는 내가 기억할 수 있는 그 어떤 것도 남긴 게 없으니 말이다."

그는 상류를 따라 걷고 있었다.

그의 머릿속은 복잡했다. 곧 터질 것만 같았다. "나는 첫째가 쌕쌕거리는 소리를 내며 자는 바람에, 그 소리에 다들 깰지도 모른다는 생각에 서둘렀던 거야." 그날 그는 일을 처리한 후에 이렇게 내뱉었다. "다들 나를 용서하시길." 그는 쌕쌕거리는 소리를 코 고는 소리로 생각했는데, 그로 인해 나중에 밖으로 나왔을 때 안개에 휩싸인 밤의 냉기 앞에서 차분할 수 있었다.

*

행색이 꼭 도망자 같더군요. 바지가 온통 진흙투성이라서, 본래 무슨 색깔이었는지 구별할 수조차 없을 정도였어요.

나는 그자가 강물 속에 뛰어들 때부터 쭉 지켜보았어요. 강물에 떠내려가고 있었어요. 손도 흔들지 않았어요. 마치 강바닥을 걷고 있는 것 같았어요. 그런데 한참 만에 강가로 나오더니 옷을 말리더군요. 추위에 벌벌 떨면서 말입니다. 바람이 일고, 구름이 잔뜩 끼어 있었거든요.

나는 주인 영감이 맡긴 양들을 지켜보다가 그 남자를 발견했어요. 그자는 누군가가 자기를 엿보고 있다는 것도 개의치 않았어요.

강물에서 나오더니 온몸을 흔들어 대더군요. 물에 젖은 몸을 말리느라고요. 그런 후에 셔츠를 걸치고 구멍이 숭숭 뚫린 바지를 입었어요. 낫칼도 없고, 무기도 없고, 기껏해야 남루한 모포 한 장을 허리춤에 매단 게 전부였어요.

그자는 주위를 살피고 또 살피더니 자리를 뜨더군요. 내가 그 남자를 다시 본 건 풀을 뜯던 양들을 몰고 돌아가려던 참이었어요.

그자는 다시 강물로 들어갔는데, 한복판까지 가는가 싶더니 다시 돌아 나오더군요.

그래서 나는 혼잣말로 그랬지요. "대체 뭘 갖고 나온 거지?"

하지만 아무것도 아니었어요. 그런데 다시 강으로 뛰어들더군요. 강물이 그자를 마구 뒤흔드는데, 그자의 몸이 서서히 가라앉았어요. 물에 빠져 죽기 일보 직전이었어요. 정신없이 양팔을 휘젓더군요. 결국은 강을 못 건넜어요. 한참을 떠내려가다 겨우 빠져나오더니 들이마신 강물을 왝왝 토해 내더라고요.

그자는 다시 홀라당 옷을 벗고 몸을 말렸어요. 그리고 다시 옷을 챙겨 입고는 위로 올라가기 시작했어요. 자기가 내려왔던 상류 쪽으로요.

그 이야기는 이제 막 들은 겁니다. 만일 그자가 그런 짓을 한 줄 알았으면, 나는 돌멩이를 던졌을 테고, 이런 후회조차 하지 않았을 겁니다.

그자가 도망자라고 얘기했잖아요. 내가 본 건 그자의 얼굴뿐이라고요. 경관님, 나는 점쟁이가 아닙니다. 나는 일개 목동

일 뿐이고, 경관님이 상상하는 그런 일이 생기면 겁부터 먹는다고요. 물론 경관님 말씀처럼 방심한 자를 덮치거나 돌멩이로 대갈통을 맞출 수는 있지만 말입니다. 경관님은 매사를 그냥 지나치는 법이 없군요.

그러니까 지금 반드시 죽여야 했던 자들, 꼭 죽일 수밖에 없었던 죽은 자들 얘기를 하시는 모양인데, 나는 그런 자들을 용서하지 않아요. 경관님은 내 말을 믿어야 합니다. 나도 반드시 죽어야 할 자를 죽이는 거 좋아합니다. 관습은 아니지만, 그게 악의 자식들을 끝장내시는 하느님을 돕는 일이기도 하니까요.

문제는 그게 전부가 아니었다는 겁니다. 이튿날 그자가 다시 나타났어요. 물론 나는 그때까지 그자를 모르고 있었고요. 그자가 누군지 반드시 알았어야 했는데!

그자는 생각보다 훨씬 더 야위었더군요. 피골이 상접하고, 셔츠가 너덜너덜 찢겨 있었어요. 다시 말하지만 나는 그자가 누군지 몰랐고, 그랬기에 그런 인간이었다는 것은 상상조차 못 했던 겁니다.

아무튼 내가 그자를 알아본 것은 그자의 눈을 본 뒤였습니다. 어딘가 침통한 빛이 서려 있더군요. 그자가 물을 마셨는데, 그냥 마시는 게 아니라 꿀떡꿀떡 삼켰어요. 마치 입을 헹구려고 입안에 물을 가득 채운 것처럼요. 하지만 그자의 입에 들어간 것은 물이 아니라 개구리 알이었어요. 물을 마시려고 엎드렸던 물웅덩이에는 개구리 알이 가득했거든요. 필시 배가 고팠던 겁니다.

눈이 흡사 깊은 동굴마냥 쑥 들어갔더라고요. 그런데 내게

다가오더니 다짜고짜 "저 양들이 당신 거요?"라고 묻더군요. 그래서 내가 "저놈들을 낳은 놈들 거요."라고 그랬지요.

하지만 그자는 나한테 양해조차 구하지 않았어요. 입도 뻥긋하지 않고 가장 튼실해 보이는 짐승을 고르더니 억센 손으로 짐승의 다리를 붙잡고선 짐승 젖을 빨아 대기 시작했어요. 모르긴 몰라도 짐승이 아파서 우는 소리가 여기까지 들렸을 겁니다. 정신없이 짐승 젖을 빨아 먹는데, 오죽했으면 내가 그런 생각이 들었겠습니까? 인간의 이빨에 물린 짐승 젖꼭지가 덧날지 모르니 끄리올리나[13]를 발라 줘야겠다고.

네? 그자가 우르끼디 가족을 몰살했다고요? 내가 그걸 미리 알았으면 인정사정 볼 것 없이 몽둥이찜질을 해 주었을 겁니다.

하지만 인간은 어리석지 않습니까. 세상에는 산을 타면서도 양 치는 일 외에는 아무것도 모르는 사람이 있고, 게다가 양이란 짐승은 본래 험담을 할 줄 모릅니다.

아무튼 다음 날, 그자가 다시 찾아왔더군요. 내가 도착했을 때, 그자가 이미 와 있었다는 겁니다. 결국 나는 그자와 통성명을 나누었지요.

그자는 이곳 사람이 아니라 아주 먼 지방 출신인데, 다리가 마비돼서 더는 걸어 다닐 수 없다더군요. "길은 많고 많지만, 나는 걷지 못해요. 다리가 꺾여 힘이 부치네요. 내 고향은 저 멀리 있어요. 저기 저 언덕들을 수없이 넘고 또 넘어야 해요."

---

13) 상처 감염 치료제.

그러고는 꼬박 이틀을 굶은 채 풀만 뜯어 먹었다더군요.

경관님이 그랬던가요? 그자가 우르끼디 가족을 살해했을 때 자비심이라곤 털끝만치도 없었다고. 내가 그런 사실을 진작 알았더라면 어떤 판단이 섰을 테고, 일단은 짐승 젖을 빨던 그자의 아가리를 확 찢어 놓았을 겁니다.

그렇지만 그렇게 나쁜 사람 같지는 않았어요. 자기 마누라와 자식들 얘기를 하면서 눈물에다 콧물까지 다 쏟아 내더라고요.

삐쩍 마른 게 젓가락 같았어요. 어제는 벼락을 맞고 죽은 짐승의 살점까지 뜯어 먹더군요. 밤에 개미들로부터 살아남은 고기도 부족했는지 또르띠야를 데우는 화덕에 얼기설기 붙어 있던 살점까지 먹어 치우더라고요. 그래서 내가 그랬지요.

"그건 병에 걸려 죽은 놈 고기입니다."

하지만 내 말을 들은 체도 않고 뼈까지 추려 먹었어요. 대체 얼마나 굶주렸으면 그랬을까요.

경관님은 그자가 사람들을 죽였다고 그랬습니다. 내가 그런 사실을 알았어야 했다고. 내가 어리석어서 아무나 믿어 버린 거라고. 하지만 나는 본래가 하찮은 놈이고, 양을 치는 일 외에 다른 건 아무것도 모릅니다. 그래서 경관님한테 그러지 않았나요? 그자는 내가 먹는 것과 똑같은 또르띠야를 먹었고, 그것도 내 접시에다 나눠 먹었다니까요!

그러니까 경관님은 그런 사실을 얘기하려고 온 내가 은닉자다, 그겁니까? 내가 은닉죄로 감옥에 간다고요? 나는 강가 웅덩이에 사람이 빠져 죽었다는 사실을 알리러 온 것뿐입니다. 그런데도 경관님은 지금 나를 심문하고 있습니다. 그자와 언제부터 알고 지냈느냐, 그자가 어떤 인물이냐, 어떻게 죽었느냐……. 그런데도 내가 은닉자라면, 뭐 그럴 수밖에요.

경관님, 경관님은 나를 믿어야 합니다. 그자가 누군지 알았으면, 나는 그런 식으로 그자를 대하는 잘못을 저지르지 않았을 겁니다. 하지만 내가 뭘 알겠습니까? 난 점쟁이가 아니란 말입니다.

그자는 나한테 먹을 것을 달라고 청했던 것뿐입니다. 눈물을 뚝뚝 흘리면서 자기 처자식에 대해 얘기했던 것뿐이라고요.

여하튼 그자는 죽었습니다. 강변의 바윗돌 사이에 누더기 옷을 말려 놓은 줄 알았는데, 그자의 몸뚱이였어요. 물속에 얼굴을 처박고 죽어 있더군요. 처음에 나는 그자가 물을 마시려고 강물에 고개를 숙였다가 고개를 들어 올릴 힘이 없어 끝내 일어나지 못한 거라고 생각했지요. 입에서 피가 흘러나오고, 누가 드릴로 구멍을 뚫은 것처럼 목덜미에 구멍이 송송 뚫려 있는 것을 봤을 때까진 말입니다.

더 이상은 생각하지 않겠습니다. 난 단지 그런 일이 있었다고, 더도 덜도 말고 있는 그대로를 알리자고 온 것뿐입니다. 나는 양을 치는 사람이지 다른 일은 모른다고요.

# 새벽에

산가브리엘이 촉촉한 이슬 안개를 벗겨 낸다. 마을의 열기를 찾던 구름은 아직 잠들어 있다. 동이 튼다. 마을 지붕들 위에서 하얀 머리를 늘어뜨린 채 모포를 둘둘 감고 있던 안개가 서서히 몸을 일으킨다. 한 줄기 회색 수증기가 구름에 홀린 채 촉촉한 대지와 수목 위로 솟아오르다가 이내 사라진다. 그리고 그 뒤로 아궁이에서 피어오르던 검은 연기가 떡갈나무 타는 냄새를 풍기며 잿빛 하늘로 흩어진다.

멀리, 언덕은 여전히 어둠에 잠겨 있다.

제비 한 마리가 거리를 가로질렀다. 뒤이어 새벽종[14] 소리가 울렸다.

불이 꺼졌다. 일순 땅에서 솟아난 어둠의 자락이 마을을 휘

---

14) 오전 6시를 알리는 첫 종소리.

감았다. 잠시 여명의 열기에 뒤척이던 마을이 코를 골며 다시 새벽잠에 빠져들었다.

*

거대한 나무가 쭉 늘어선 히낄빤 길을 에스떼반 노인이 소 떼를 몰고서 마을로 돌아온다. 노인은 짐승의 등에 걸터앉아 서 모자를 휘저어 얼굴까지 뛰어 오르는 메뚜기와 극성맞게 달라붙는 모기 떼를 떼어 내면서, 이가 하나도 남아 있지 않은 입으로 휘파람 소리를 내면서 늘장 부리는 짐승들을 채근한 다. 되새김질을 하며 걸어가는 짐승들의 발길에 길가의 풀잎 들이 이슬 맺힌 몸을 털어 낸다. 이윽고 새벽종이 울린다. 노 인이 암소 등에서 바닥으로 내려서더니 땅바닥에 무릎을 꿇 고 양팔을 펼쳐 성호를 긋는다.

커다란 나무 구멍에서 부엉이가 울어 댄다. 노인이 암소 등 에 다시 훌쩍 올라탄다. 그리고 윗도리를 벗어 날짐승을 향해 휘이휘이 내저으며 길을 재촉한다.

노인은 마을 초입에 있는 축사로 들어서는 목우들을 세기 시작한다. "하나, 둘, 셋……, 열." 그중 한 놈에게 다가가 귀엣 말로 속삭인다. "털북숭이야, 오늘은 네 새끼를 떼어 놓을 요 량이다. 울고 싶으면 실컷 울도록 해라. 네 새끼와 마지막 날 이니까." 암소가 가만히 노인을 쳐다보더니 꼬리를 치며 우리 로 들어간다.

마지막 새벽 종소리가 들려온다.

제비들이 날고 있다. 히낄빤 길목에서 나타난 것인지, 산가 브리엘에서 나타난 것인지는 모르지만, 웅덩이로 몰려들어 진흙탕에 깃털을 문지르거나 주둥이에 무엇인가를 물고서 길 위를 지나 아주 멀리, 지평선 쪽으로 날아간다.

저 멀리 첩첩이 솟은 산 위로 구름이 머물고 있다. 그 모습이 마치 파란 언덕 자락에 달라붙은 잿빛 고약처럼 보인다.

노인은 적색과 밀감색, 황색을 띤 테이프가 드리워진 하늘을 올려다본다. 마지막 빛을 발하는 별이 하얗게 퇴색되고, 떠오르는 햇살에 풀잎 끝에 맺힌 이슬방울이 반짝인다.

*

"새벽 공기가 찬데 배꼽을 드러내 놓고 있더라고요. 왜 그랬는지 기억은 안 나요. 아무튼 축사로 들어섰지만 문을 열어 주지 않았어요. 문을 두드리느라 돌멩이가 깨졌는데도 아무도 안 나오더군요. 나는 내 빠뜨론[15]인 후스또 씨가 아직 잠을 자나 보다 생각했지요. 그래서 짐승들한테는 아무 말도 안 하고 슬그머니 빠져나왔어요. 짐승들이 나를 따라나서지 못하도록 말이오. 나는 조금 낮은 울타리를 찾았는데, 그 울타리를 넘다가 그만 저쪽으로 굴러떨어졌어요. 송아지들을 가둬 놓은 축사로요. 그런데 말입니다. 내가 몸을 추스르고 축사 입구의 빗장을 막 여는 순간, 후스또 씨가 움막에 잠들어 있던 마

---

15) 지주나 주인에 대한 멕시코 특유의 경칭.

르가리따를 안고 나오더니 나를 못 보고 축사를 가로질러 가더군요. 순간 나는 몸을 숨기느라 벽에 바짝 붙었지요. 느닷없이 정신을 잃을 때까지. 분명한 건 후스또 씨가 나를 못 봤다는 거요. 적어도 그것만큼은 확실히 기억하거든."

*

에스떼반 노인은 젖소들을 한 마리씩 불러들여 젖을 짰다. 마시막으로 늘어온 소는 젖 때문이 아니라 새끼가 그리워 우는 어미 소였다. "이번이 마지막이다." 노인이 말했다. "보라고. 봤으면 뭐라고 해 봐. 그러다 죽겠구나. 곧 새끼가 나올 텐데 다 큰 자식을 잊지 못해 어떡하겠다는 거냐." 이어 송아지한테 덧붙였다. "그만 좀 빨아라. 이제 네 젖이 아니란다. 새로 태어날 놈들 거란 것쯤은 너도 눈치챌 때가 되지 않았느냐." 그러고는 어미 소 젖꼭지를 멀뚱하게 쳐다보는 송아지를 발로 걷어찼다. "이런 속없는 소 새끼 같으니라고! 주둥이를 확 찢어 버릴까 보다."

*

"만일 후스또 씨가 나타나지 않았으면, 그래서 그 양반이 나한테 발길질을 해 대지 않았으면, 나는 그놈의 송아지 주둥아리를 진짜 찢어 버렸을 거요. 그 양반은 내가 바윗돌 틈에 쑥 뻗어 버릴 때까지 흠씬 두들겨 패더군요. 차마 입에 담기 힘든 말을 내뱉으면서 말이오. 덕분에 그날 나는 하루 종일 옴짝달싹도 못했어요. 온몸이 터지고 부어올라서 며칠 동안 끙끙 앓았는데, 얼마나 얻어터졌는지 아직도 얼얼하다고요.

그 뒤로 어떻게 되었느냐고요? 그건 나도 모르지요. 그 뒤로는 그 양반 일을 안 했으니까. 나뿐만 아니라 아무도 그 양반과 일할 수가 없었으니까. 왜냐하면 그날 그 양반이 죽어 버렸거든. 그런데도 왜 여태까지 그 사실을 몰랐느냐고요? 사람들이 찾아왔을 때, 나는 침상에 누워서 마누라가 해 주는 찜질을 받고 있었어요. 그들이 그러더군요. 내가 그 양반을 죽였다고. 하긴 그럴 수도 있었을 거요. 나로서는 도통 기억이 안 나는 게 문제지만 말이오. 혹시 당신은 누구를 죽이면 어떤 흔적이 남는다고 생각하지 않나요? 그런 흔적은 당연히 남기게 되어 있고, 그러니 그 일을 더 치밀하게 다뤄야 하지 않나요? 그들은 나한테 어떤 혐의를 두고서 이렇게 나를 유치장에 가둔 모양인데, 당신도 그렇게 생각하나요? 하지만 여보시오, 나는 내가 송아지를 발로 걷어찬 순간부터 그 양반이 나를 덮친 것까지는 기억해도, 그 뒤로는 전혀 기억이 없다니까요. 완전히 나가떨어졌거든요. 눈을 떠 보니 내가 침상에 누워 있고, 내 옆에는 마누라가 나를 간호하고 있었다니까요. 마치 어린애 다루듯 말이오. 그래서 내가 마누라한테 그랬지요. 입 좀 다물라고. 마누라한테 했던 말도 기억하는 내가, 사람을 죽였다는 걸 어찌 기억하지 못한단 거요? 그들은 내가 그 양반을 죽였다는데, 대체 내가 그 양반을 뭐로 죽였다는 거요? 돌로 쳐서 죽였다는데, 그게 사실인가요? 그랬다면 그나마 다행이군요. 만일 그들이 내가 칼로 찔러 죽였다고 했으면, 그건 나한테 죄를 덮어씌우는 것밖에 안 될 테니까요. 왜냐? 나는 한창때도 칼을 갖고 다닌 적이 없고, 여태껏 그렇게 살아왔거든요."

\*

후스또 브람빌라는 잠이 든 어린 마르가리타를 소리가 나지 않도록 주의하며 침대에 눕혔다. 옆방에는 두 해 전부터 온몸에 붕대를 감은 채 누워 지내는 그의 누이가 잠들어 있었다. 그녀는 누워 있긴 했지만 항상 깨어 있었고, 새벽이 되어서야 죽어 가는 사람처럼 잠시 잠들곤 했다.

해가 떴을 때, 그녀는 잠에서 깨어나 있었다. 눈 뜬 그녀는 옆방에서 딸아이의 숨소리를 들었다. "얘야, 간밤에는 어디 있었니?" 후스또는 그녀가 큰 소리로 계집애를 깨우기 전에 슬그머니 침실을 빠져나갔다.

새벽 6시였다.

후스또는 에스떼반에게 문을 열어 주기 위해 곧장 축사로 향했다. 그러나 발걸음을 옮기는 동안 어서 움막으로 올라가 마르가리따와 함께 보낸 밤의 흔적을 치워야 한다고 생각했다. '사제만 허락하면 그 아이와 결혼할 수는 있지만, 그랬다가는 난리가 날 거야. 근친상간이라고, 우리 둘을 파문하겠지. 그러니 비밀로 할 수밖에.' 그가 송아지와 실랑이를 벌이고 있던 에스떼반 노인을 목격한 것은 그때였다. 노인이 양손으로 어린 짐승의 주둥이를 철사로 묶듯 붙잡고는 발로 대가리를 걷어차고 있었다. 짐승이 몸을 못 가누고 네 발을 바닥에 질질 끄는 것으로 보아 어지간히 얻어터진 모양이었다.

그는 곧장 노인에게 뛰어가서 멱살을 움켜잡았고, 바윗돌 위로 넘어뜨리고는 발길질을 해 대면서 생전 입에 담아 본 적 없는 욕을 퍼부었다. 그런데 이상했다. 갑자기 머릿속에 뿌연 안개가 드리워지는 것 같은 느낌이 들면서 그 자리에 쓰러졌다. 당장 일어나고 싶었지만 마음대로 되지 않았다. 두 번이나 더 일어나려 했지만 마찬가지였다. 오히려 평온해졌다. 눈을 뜨려고 했지만 짙게 드리워진 안개가 시야를 가렸다. 아프지는 않았다. 의식이 흐릿해지면서 어떤 검은 물체가 그를 어둠 속으로 끌어들이는 기분이 들었다.

*

에스떼반 노인이 몸을 일으켰을 때는 이미 해가 중천이었다. 노인은 자책을 하면서 가까스로 발걸음을 떼었다. 아무것도 몰랐다. 축사 문을 어떻게 열었는지, 길을 어떻게 걸었는지, 눈을 감은 채 길바닥에 피를 뚝뚝 흘리면서 어떻게 자기 집에 도착했는지 아무것도 몰랐다. 집에 들어서자마자 침대에 누워 다시 잠을 청했다.

마르가리따가 울면서 축사로 들어선 것은 오전 11시쯤이었다. 모친으로부터 모진 질책을 받은 것도 서러운데 창녀라는 말을 듣고서 후스또를 찾아 나섰던 것이다.

후스또는 이미 죽어 있었다.

"내가 죽였다는 거군요. 충분히 그럴 수도 있겠네요. 하지만 그 양반이 자기 성질을 못 이겨 죽었을지도. 성깔이 아주 더러웠거든. 그 양반 눈에는 모든 게 안 좋게 보였어요. 여물통이 지저분한 것도, 물통에 물이 없는 것도, 암소들이 삐쩍 마른 것도 마음에 안 들어 했어요. 심지어 내가 삐삐한 것까지 걸고넘어졌어요. 내가 살이 빠진 건 못 먹어서 그런 건데 말이지. 나는 암소들을 모는 일만 했어요. 그 양반의 목초지가 거기 히길빤에 있는데, 거기로 짐승들을 데려가 풀 뜯는 것을 기다렸다가 새벽에 다시 축사로 데려다 줬어요. 그건 평생 순례 같은 일이었지요.

나는 당신이 보다시피 이렇게 유치장에 갇혀 있고, 다음 주에는 재판을 받을 거요. 그 양반을 죽였다는 죄목으로 말이오. 기억이 나지 않지만, 나는 충분히 그럴 수 있다고 생각해요. 눈에 뵈는 게 없다 보면, 누가 상대방을 죽였는지 모를 수 있으니까. 충분히 그럴 수 있는 일이고. 우리 기억이란 게 내 나이가 되고 보니 죄다 거짓말 같더군요. 그래서 하느님에게 감사하는데, 왜냐하면 내 능력이 다 소진되면, 그때는 더 잃을 게 없을 테고, 나한테 더 이상은 아무것도 남아 있지 않기 때문이오. 그리고 내 영혼 문제도 그래요. 그거 역시 하느님에게 맡기게 될 거요."

＊

　산가브리엘에 안개가 다시 내려앉고 있었다. 파르스름한 산등성이 너머로 아직은 햇살이 남아 있었다. 서서히 땅거미가 지고 있었다. 이어 어둠이 찾아들었다. 그날 밤은 상중이라 불을 켜지 않았다. 불은 망자인 후스또 씨 소유였다. 날이 샐 때까지 개들이 짖어 댔다. 유리창이 원색 모자이크로 장식된 예배당에는 대형 양초가 타올랐다. 다들 망자의 시신 곁에서 밤을 지새웠다. 졸음에 겨운 여자들의 가성이 망자의 넋을 달래고 있었다. "나가라, 나가라, 나가라, 고통의 영혼이여."[16] 조종 소리 또한 망자를 기렸다. 먼동이 틀 때까지, 새벽종이 울릴 때까지.

---

16) 망자를 위한 찬송가 가사.

# 딸빠

나딸리아는 자기 어머니 품에 안긴 채 한참을 오열했다. 그녀가 어머니의 위안을 구하고 싶어 흘리는 눈물은 셴손뜰라로 돌아올 때까지 마음속에 꾹꾹 눌러 둔 통한의 눈물이었다.

그러나 그녀는 그때까지만 해도 절대 울지 않았다. 참으로 힘든 여정이었지만 울지 않았다. 그녀는 딸빠에서 흙구덩이에 따닐로를 묻을 때도, 그곳에서 우리가 누구의 도움도 없이 힘들게 땅을 팠을 때도 ─ 우리는 남의 이목을 피해서 죽음의 냄새를 지우기 위해 서둘러야 했다 ─ 울지 않았다

그녀는 돌아오는 길에도 울지 않았다. 마음의 평안을 구하지 못한 채 비몽사몽간에 따닐로의 무덤 위를 걷는 것 같은 밤길을 걸을 때도 울지 않았다. 눈물 대신 마음속에서 부글부글 끓어오르는 어떤 것을 억지로 짓눌렀다. 눈물 한 방울 내비치지 않았다.

그랬던 그녀가 자기 어머니 품에 안겨 울고 있었다. 그러나 그녀의 울음은 자신을 위로하는 눈물이었고, 그녀가 겪은 모든 것에서 나온 눈물이었다. 나 또한 그녀와 똑같은, 마치 우리가 저지른 죄악의 걸레를 눈물로 쥐어짜는 것 같은 심정이었다.

왜냐하면 우리가 따닐로 산또스를 죽였기 때문이다. 우리는 그를 죽이기 위해 딸빠로 데려갔다. 그는 거기서 죽었다. 우리는 그가 긴 여정을 견딜 수 없다는 것을 알았지만 그를 데려가서 어떻게든 끝장을 내야 한다고 작심했다. 우리는 그렇게 그를 죽였다.

*

딸빠 행은 나의 형 따닐로의 생각이었다. 순전히 그의 머리에서 나왔다. 그는 자신을 딸빠로 데려가 달라고 부탁했다. 몇년 전, 팔다리에 생긴 수포가 종양으로 변한 날이었다. 종양에서 피가 아니라 진액을 분비하는 송진처럼 누런 진물이 나왔다. 달리 치료할 방도가 없게 되자, 그는 우리한테 무섭다고 말했다. 그는 딸빠의 성모 마리아를 보고 싶다고, 성모 마리아의 눈길이 자신의 종양을 치료할 수 있다고 말했다. 딸빠는 아주 먼 곳에 있다는 것을, 낮에는 땡볕을, 밤에는 3월의 냉기를 견뎌야 한다는 것을 알면서도 성모 마리아가 자신의 병을 낫게 해 줄 거라고, 그래서 모두가 가고 싶어 하는 곳이라고 말했다. 그는 성모 마리아가 모든 것을 씻겨 주고, 그래서 비가 내린 들판처럼 자기 몸이 깨끗해질 거라고 믿었다. 더 이상은 아픈 데도 없고, 다시는 아픈 일이 없을 거라고 생각했다.

그래서 우리는, 나딸리아와 나는 따닐로를 데려가기로 했다. 나는 따닐로가 형이었기에 동행해야 했다. 나딸리아도 함께 가야 했는데, 그녀는 형의 아내였기 때문이다. 따지고 보면 희망에 들뜬 그를 부축해서 데려갔다가 나중에는 어깨에 메고 돌아와야 할지도 모를 일이었지만 말이다.

나는 오래전부터 나딸리아의 속마음을 훤히 알고 있었다. 아니, 나는 그녀를, 그녀이 어떤 것을 알고 있었다. 예를 들어 정오의 땡볕에 달구어진 바위처럼 단단하고 뜨거운 허벅지가 오래전부터 외롭다는 것을 알고 있었다. 나는 그녀를 알고 있었다. 우리는 자주 함께했다. 그러나 그때마다 따닐로의 그림자가 우리를 갈라놓았고, 그때마다 수포가 생긴 그의 손이 그녀에게 그를 돌보도록 만들었다. 그가 살아 있는 한 영원히 그렇게 될 터였다.

지금 나는 나딸리아가 지난날을 후회하고 있다는 것을 안다. 나 역시 그렇다. 하지만 후회한다고 해서 우리를 양심의 가책에서 구원해 주는 것도 아니고, 우리를 평온하게 해 주는 것도 아니다. 따닐로는 이미 죽어 가고 있었고, 그러기에 그가 어떤 식으로든 죽는다는 것을 알았던들, 머나먼, 그야말로 머나먼 딸빠로 가는 일이 부질없는 짓이라는 것을 알았던들 우리를 편안하게 해 주지는 못할 것이다. 그는 여기서 그랬듯이 거기서도 죽을 수밖에 없었고, 거기서든 여기서든 조금 더 살았더라도 괴로워하면서 죽을 수밖에 없었다. 왜냐하면 여정

내내 그는 몸속의 피가 빠져나간 데다 삶에 대한 용기마저 상실했고, 결국은 그 모든 것이 그의 죽음을 재촉했기 때문이다. 더욱이 나딸리아와 나는 그를 억지로 데려갔다. 나중에 그가 더 이상은 가고 싶지 않다고, 더 가더라도 소용없다는 것을 깨닫고서 집으로 돌아가자고 했을 때, 우리는 그의 등을 떼밀었다. 그가 길에 쓰러질 때마다 그를 다시 일으켜 세웠고, 그때마다 이제는 돌아갈 수가 없다고 우기면서 길을 재촉했다.

"여기서 센손뜰라로 돌아가는 것보다 딸빠로 가는 게 더 가깝다니까." 그게 우리가 했던 말이다. 그러나 딸빠는 여러 날을 더 가야 할 만큼 훨씬 더 멀리 있었다.

우리가 원한 것은 그가 죽는 것이었다. 그것은 우리가 센손뜰라를 떠나기 전에 이미 원하던 것이었고, 딸빠로 가는 길에 밤마다 원하던 것이었다. 왜 그랬는지 지금으로선 이해할 수 없지만, 그때는 우리가 원하던 것이었다. 나는 똑똑히 기억한다.

그 밤들을 나는 똑똑히 기억하고 있다. 밤이 되면 우리는 소나무 가지로 모닥불을 피웠다. 모닥불이 불씨만 남긴 채 사위어 가면 나딸리아와 나는 밤하늘로부터 우리를 감출 수 있는 은신처를 찾아, 따닐로의 눈길이 닿지 않는 들판의 고독을 찾아 사라졌다. 들판의 고독은 우리가 서로를 향하도록 끌어당겼다. 나는 품 안에 나딸리아를 받아들였고, 그녀는 내 품 안에서 위안을 구했다. 우리는 아늑한 휴식을 느끼며 만사를 잊은 채 잠이 들었다.

우리가 잠든 땅은 항상 뜨거웠다. 내 형의 여자인 나딸리아의 몸은 땅의 열기가 닿자마자 뜨거워졌다. 그렇게 합쳐진 열기들은 함께 타올랐고, 누군가의 잠을 깨웠다. 그럴 때면 내 양팔은 잠들어 있는 불덩이 같은 그녀의 몸을 찾아 나섰다. 처음에는 부드럽게, 나중에는 마치 그녀의 몸에서 생피를 짜낼 듯이 껴안았다. 우리는 밤이면 밤마다 새벽까지, 찬바람이 우리 몸에서 타오르는 불길을 꺼뜨릴 때까지 껴안고 또 껴안았다. 그것은 나딸리아와 내가 딸빠로 가는, 성모 마리아가 따닐로를 회복시켜 줄 딸빠로 가는 또 하나의 여정이었다.

그런데 지금 모든 것은 과거가 되어 버렸다. 따닐로는 생기를 찾았다. 아니, 되살아났다. 이제 더는 그의 팔과 다리에서 살을 뚫고 나오는 부패된 수액으로 가득한 몸뚱이는 살기 위해 엄청난 고통을 겪을 가치조차 없다는 말을 더 할 수도 없게 되었다. 그렇게 커 보이던 종기가 서서히, 아주 서서히 벌어지면서 우리를 그토록 놀라게 만들었던 종양을 몸 밖으로 배출했으니 말이다.

그리고 그가 죽은 지금 모든 게 다르게 보인다. 나딸리아는 그를 위해 울고 있다. 어쩌면 그를 향한 자신의 모습을, 자신의 영혼에 어울리지 않는 깊은 뉘우침을 보여 주고 있는지도 모른다. 그녀는 요 며칠 사이에 따닐로의 얼굴을 느꼈다고 한다. 고통을 참기 위해 애를 쓰다가 흘러내린 땀에 흠뻑 젖은 그의 얼굴 말이다. 그녀는 자신의 입에 닿는 그를, 자신의 머리카락 사이에 숨어 있는 그를, 거의 들리지 않는 목소리로 도움을 청하는 그를 느꼈다고 한다. 그가 이미 완치되어 더는 아프지 않다고 말했다는 것이다. "이제 당신과 함께할 수 있어.

그러니 나딸리아, 당신과 함께할 수 있도록 도와줘."

그즈음 우리는 딸빠를 벗어나고 있었다. 그곳에 상당히 깊은 구덩이를 파서 그를 묻고 난 뒤였다.

그리고 그때부터 나딸리아는 나를 잊었다. 나는 물웅덩이를 비추는 달빛처럼 늘 반짝이던 그녀의 눈을 기억한다. 그러나 그녀의 눈은 느닷없이 빛을 잃었고, 그녀의 눈길은 마치 땅속에 파묻듯 사라져 버렸다. 더 이상 아무것도 보지 않는 것 같았다. 그런 그녀에게 존재하는 모든 것은 그녀의 따닐로였고, 그녀가 돌보던 그녀의 살아 있는 따닐로였고, 죽자마자 파묻었던 그녀의 따닐로였다.

*

우리는 꼬박 스무 날을 걷고서야 딸빠의 대로에 접어들었다. 그때부터 우리 세 사람은 방방곡곡에서 떠나 온 사람들과 함께했다. 대로에는 사람들의 행렬이 강물을 이루었다. 우리는 꼬리를 물고 이어지는 인파에 섞여서 이끌리고 떼밀렸다. 다들 먼지로 만든 끈에 몸이 묶인 채 끌려가는 것 같았다. 사방에서 흙먼지가 일었다. 뽀얀 흙먼지가 옥수수 가루처럼 허공으로 피어올랐다가 땅으로 내려앉았다. 구름 한 점 없는 텅 빈 하늘 밑에는 그늘이 되어 주지 못하는 흙먼지만 날리고 있었다.

백주의 땡볕과 흙먼지를 벗어나기 위해서는 밤을 기다려야 했다.

그즈음은 밤보다 낮이 훨씬 더 길었다. 우리가 센손뜰라를 출발한 것은 2월 중순이었는데, 3월에 들어서면서 일찍 동이 텄다. 날이 어두워지자마자 눈을 붙이면, 방금 막 사라졌던 해가 다시 떠올라 우리를 깨웠다.

여태 살아오면서 북적이는 인파 사이를 걷는다는 게 이렇게 더디고 격렬할 줄은 미처 몰랐다. 땡볕이 내리쬐는 길을 이동하는 사람들의 모습이 비좁은 통로에 갇혀서 흙먼지를 뒤집어쓴 채 몸을 비틀어 대는 구더기 떼 같았다. 흙먼지만 보고 걷다가 더 이상은 뚫고 나갈 수 없는 어떤 것에 맞닥뜨린 꼴이었다. 세상이 온통 회색이었다. 종일 거대하고 무거운 회색 얼룩이 사람들을 내리누르는 것 같았다. 강을 건널 때만 예외였다. 흙먼지가 물러나면서 시야가 트였다. 다들 푸른 강물에 땡볕과 흙먼지로 검붉게 달구어진 머리를 담갔다. 그때마다 우리 모두의 머리에서 추운 날의 입김 같은 푸르스름한 수증기가 피어올랐다. 그러나 그것도 잠시 다들 다시 흙먼지가 일고 땡볕이 내리쬐는 인파 속으로 끼어들었다.

언젠가는 밤이 찾아올 것이다. 다들 그렇게 생각했다. 밤이 오면 지친 몸을 쉬게 될 것이다. 지금은 낮을 지나고 열기와 태양을 가로지르고 있지만 머지않아 멈추게 될 것이다. 머지않아 말이다. 그때까지 우리가 서둘러 해야 할 일은 뒤에 처진 사람들보다 앞서는 것이고, 우리보다 앞선 사람들을 따라잡는 것이다.

딸빠의 대로를 걷고 있을 때 나딸리아와 나는, 어쩌면 따닐로 역시 인파 틈에서 그렇게 생각했을 것이다. 성모 마리아의 기적이 쇠하기 전에 누구보다 먼저 성모 마리아를 만나야 한다고.

그러나 따닐로의 몸은 갈수록 좋지 않았다. 그는 급기야 가고 싶지 않다고 말했다. 그의 발바닥은 이미 벗어겼고, 벗어진 살가죽에서 피가 흘렀다. 우리는 그가 다시 힘을 낼 때까지 보살폈지만, 그는 더 이상 원하지 않았다.

"여기에서 하루 이틀 더 앉아 있다가 센손뜰라로 돌아가야겠어."

그러나 나딸리아와 나는 원하지 않았다. 우리는 나중에 따닐로에 대한 그 어떤 회한도 남기고 싶지 않았다. 그와 함께 딸빠에 도착하고 싶었다. 우리에게는 살아야 할 날들이 남아 있었다. 나탈리아는 그의 발이 붓지 않도록 아과르디엔떼[17]로 씻어 주면서 기운을 북돋웠다. 딸빠의 성모만이 병을 고칠 수 있다고 말했다. 성모만이 그의 원기를 영원히 회복시키는 존재라고, 오로지 성모뿐이라고, 다른 성모들도 있지만 딸빠의 성모 마리아만이 좋은 성녀라고 말했다.

그러자 따닐로는 땀에 젖은 얼굴에 고랑을 만드는 눈물을 줄줄 흘리면서 자신의 처지를 저주했다. 나딸리아는 숄로 그의 얼굴을 닦아 주고, 우리는 그를 부축해서 어두워지기 전에 다시 발길을 재촉했다.

우리는 그렇게 그를 채근하면서 딸빠에 도착했다.

우리는 딸빠에 도착하기 며칠 전에 이미 지쳐 있었다. 하루

17) 알코올 도수가 높은 대중적인 술.

하루가 달랐다. 나딸리아와 나는 몸이 앞으로 꺾이는 기분이 들었다. 무엇인가가 우리의 발길을 붙잡아 세우고 무거운 짐을 떠맡기는 것 같았다. 따닐로는 말할 것도 없었다. 그때마다 우리는 그를 일으켜 세웠고, 여차하면 그를 어깨에 들쳐 메고 걸었다. 그렇게 걸어왔고, 여전히 그렇게 걸어갔다. 가벼운 그의 몸뚱이와 함께, 여전히 더딘 걸음으로. 그러나 우리를 재촉한 것은 우리 자신이 아니라 우리 옆에서 걷고 있는 사람들이었다.

밤이 되면 낮에 재갈이 풀렸던 세상이 차분해졌다. 사방에서 모닥불을 지피고, 모닥불 주변에는 순례에 나선 사람들이 딸빠의 하늘을 향해 성호를 그으며 묵주 기도를 올렸다. 그들의 기도 소리가 오가는 바람에 실리고, 그렇게 섞인 소리들이 소 울음소리로 변했다. 기도 소리가 잦아들면서 세상이 적막에 잠겼다. 멀리서 누군가가 부르는 노랫가락 소리가 들렸다. 눈을 붙였지만 잠을 못 이룬 채 새벽이 오기를 기다렸다.

*

다들 찬송가를 부르면서 딸빠로 들어섰다.

우리가 2월 중순에 센손뜰라를 떠나 3월 말에 딸빠에 도착했을 때는 벌써 많은 사람이 돌아가고 있었다. 모든 게 속죄를 구하는 따닐로가 할 일이었다. 그는 사제들이 어깨에 걸치는 천 조각처럼 생긴 노빨 선인장 잎을 목에 걸고 다니는 사람들을 보자마자 자기도 그렇게 해야 한다고 생각했다. 그는 자신의 여정이 더없이 절망적이었음을 보여 주고자 셔츠 소매를 찢어 양쪽 발을 동여맸다. 나중에는 가시 면류관을 쓰고 싶어 했다. 눈을 붕대로 감았고, 마지막 길로 접어들었을 때는 양손을 뒤로 맞잡은 채 무릎으로 걸었다. 온몸을 칭칭 감은 붕대에 시커먼 피가 맺힌 모습으로, 마치 죽은 짐승의 사체처럼 악취를 풍기면서 딸빠에 들어선 자가 바로 나의 형인 따닐로였다.

우리는 느닷없이 춤판에 끼어든 따닐로를 기억한다. 그는 손에 쥔 기다란 딸랑이를 마구 흔들어 대면서 시커먼 피로 물든 맨발을 땅바닥에 세차게 내리찧었다. 마치 몹시 화가 난 사람 같았다. 그간의 세월 속에 묻어 온 분노를 표출하는 것 같았다. 아니, 조금 더 살기 위해 마지막 몸부림을 치는 것 같았다.

춤판을 보았을 때, 어쩌면 그는 예수 그리스도 구일제를 맞이해서 똘리만에 갔던 때를 기억해 냈는지도 모른다. 아마도 밤새도록 다리가 풀릴 때까지 쉬지 않고 춤추던 자신의 모습을 떠올리며 원기를 되찾고 싶었으리라.

우리는 그를 지켜보았다. 그는 피로 물든 손에 쥔 딸랑이를 세차게 흔들어 대면서 양팔을 들어 올리더니 자신의 몸을 땅바닥에 내리찧기 시작했다. 다들 화를 삭이지 못하는 듯 돌멩이가 박힌 땅을 정신없이 짓밟는 춤판이라서 누가 끼어들었는지도 모를 게 빤했다. 보다 못한 우리는 그들의 발에 짓밟히지 않도록 그를 질질 끌고 밖으로 나왔다.

마침내 우리는 사지가 마비된 사람처럼 땅바닥에 털썩 주저앉은 그를 데리고 교회 안으로 들어갔다. 황금빛이 감도는 딸빠의 성모 마리아 앞에서 나딸리아가 자기 옆에 그를 꿇어앉혔다. 따닐로가 양손을 모으고 기도하기 시작했다. 그는 눈물을 흘렸다. 뚝뚝 떨어지는 굵은 눈물방울이 나딸리아가 손에 쥐어 준 촛불을 꺼뜨린 줄도 몰랐다. 무수한 촛불이 타오르고 있는 터라 누구의 촛불이 꺼졌는지조차 몰랐다. 그는 꺼진 초를 손에 꼭 쥔 채 자신의 마음이 들리도록 큰 소리로 기도했다.

하지만 소용이 없었다. 그는 그렇게 죽어 가고 있었다.

"……우리 마음속에서 나오는 성모 마리아를 향한 간절한 애원은 누구나 똑같습니다. 우리는 고통에 휩싸여 있습니다. 탄식과 희망이 뒤섞여 있습니다. 성모 마리아는 탄식 앞에서, 눈물 앞에서 귀를 막지 않습니다. 왜냐하면 당신 역시 우리와 함께 그 고통을 겪기 때문입니다. 당신은 우리의 흠결을 지워 줄 줄 아시고, 당신의 자비와 애정을 받아들이도록 우리의 마음을 순수하고 너그럽게 해 주십니다. 우리의 동정녀이자 어머니인 당신은 우리가 지은 죄를 알고 싶어 하지 않고, 우리의 죄를 책망하지 않습니다. 당신은 우리가 삶으로 인해 아파하지 않도록 우리를 당신의 품에 안기 위해 바로 여기 우리 곁에 계십니다. 피곤에 지친 자에게, 영혼과 육신의 병을 얻은 자에게, 상처 입은 불행한 자에게 원기를 북돋아 주고자 우리와 함께하고 계십니다. 당신은 당신의 희생 덕분에 우리의 신앙이 나날이 깊어진다는 것을 알고 계십니다……."

사제가 성단 위에서 그렇게 말했다. 설교가 끝나자 사람들이 동시에 기도했다. 그들의 기도 소리가 마치 연기에 놀란 말벌들이 사납게 윙윙거리는 소리 같았다.

그러나 따닐로는 이미 사제의 설교를 듣지 않았다. 고개를 무릎 사이로 처박은 채 움직이지 않았다. 나딸리아가 일으켜 세우려고 했을 때, 그는 이미 죽어 있었다.

교회 밖에서 춤판이 벌어지는 소리가 들렸다. 북소리와 피리 소리가 들렸다. 종소리가 들렸다. 바로 그때, 슬픔이 울컥 밀려들었다. 나는 살아 있는 것들을 보았다. 저기, 우리를 향해 미소를 지어 주는 성모 마리아를 보았다. 그리고 마치 거추장스러운 것처럼 보이는, 다른 세상에 있는 따닐로를 보았다. 슬펐다.

그런데도 우리는 그가 죽어 가도록 그곳으로 데려갔다. 나에게는 결코 잊히지 않을 일이었다.

\*

우리 두 사람은 지금 센손뜰라에 있다. 우리는 그가 없이 돌아왔다. 나딸리아의 어머니는 나한테 아무것도 묻지 않았다. 내가 따닐로 형과 무슨 일이 있었는지 묻지 않았다. 나딸리아는 자기 어머니의 어깨에 고개를 기댄 채 울음을 터뜨렸고, 울면서 그간에 일어났던 자초지종을 말했다.

그런데 나는 우리가 아직 그 어디에도 도착하지 않은 기분이다. 여기는 지나는 길에 잠시 휴식을 취하기 위해 들른 것일 뿐, 우리는 이제 곧 다시 길을 나설 것이다. 나는 우리가 어디로 가는지를 모른다. 그러나 우리는 계속해서 가게 될 것이다. 왜냐하면 이곳에는 따닐로에 대한 기억과 회한이 우리와 너무 가까이 있기 때문이다.

어쩌면 끝내 우리는 서로를 두려워하게 될지도 모른다. 그것은 딸빠를 떠날 때부터 말하고 싶었던, 그러나 아무도 말하지 않았던 것이다. 아마도 우리 두 사람은 가마니에 둘둘 말린, 우리가 억지로 다물게 해도 마치 마지막으로 씩씩거리고 싶은 사람처럼 끝내 다물지 않던 그의 입을 빠져나오는, 앵앵거리는 시퍼런 파리 떼가 그의 입 안팎에 가득한 그의 육신과 아주 가까이 있게 될 것이다. 더 이상은 고통을 느끼지 못했던, 그러나 고통을 느끼는 것 같았던, 잔뜩 오므라든 그의 손과 발, 자신의 구김을 보는 것처럼 뜨여 있던 그의 눈과 아주 가까이 있게 될 것이다. 여기저기 온몸에서 누런 진물이 뚝뚝 떨어지던 그의 종양과, 마치 숨을 쉴 때마다 누군가의 핏속에 녹아 있는 걸쭉하면서 텁텁한 단내를 느끼듯 온몸에서 풍기던 그의 냄새와 아주 가까이 있게 될 것이다.

그것은 어쩌면 우리가 여기서 자주 떠올리게 될지도 모를 바로 그것, 그러니까 우리가 딸빠의 공동묘지에 묻었던, 나딸리아와 내가 그 언덕의 짐승들이 함부로 시신을 해치치 못하도록 흙과 돌멩이로 덮었던 따닐로에 대한 것이다.

# 마까리오[18]

나는 개구리가 밖으로 나오기를 기다리며 배수구 옆에 앉아 있다. 어젯밤에 저녁을 먹을 때부터 시끄럽게 울기 시작한 개구리들이 동이 틀 때까지 울음소리를 그치지 않았다. 대모도 시끄럽단다. 개구리 울음소리에 잠을 깼다면서 푹 자야 한단다. 그래서 나를 불렀다. 배수구 옆에 앉으라고, 내 손에 판때기를 쥐어 주면서 배수구로 튀어 나오는 놈들을 때려잡으라고…… 개구리는 불룩한 배만 빼놓고 온통 녹색이다. 두꺼비는 검은색이다. 대모의 눈도 검은색이다. 개구리는 먹기 좋다. 다들 두꺼비를 안 먹지만, 나는 두꺼비도 먹는다. 개구리 맛과 다르지 않다. 펠리빠는 두꺼비를 잡아먹는 게 나쁜 짓이란다. 그녀의 눈은 고양이 눈처럼 푸른색이다. 그녀는 주방에

---

18) 화자이자 주인공인 '나'의 이름.

서 끼니마다 나한테 밥을 차려 준다. 그녀는 내가 개구리를 해치는 것을 좋아하지 않는다. 그러나 나로서는 어쩔 도리가 없다. 대모가 시킨 일이니까……. 나는 대모보다 펠리빠를 더 좋아한다. 하지만 펠리빠가 먹을 것을 사 오도록 지갑에서 돈을 꺼내는 사람은 대모다. 펠리빠가 하는 일은 주방에서 세 사람의 끼니를 챙기는 게 전부다. 내가 아는 한 다른 일을 한 적이 없다. 설거지는 내가 한다. 아궁이에 장작 나르는 일도 내가 한다. 그러나 우리한테 음식을 나누어 주는 사람은 대모다. 대모는 자기 식사를 끝낸 뒤에 음식을 접시에 듬뿍 담는다. 하나는 펠리빠, 또 하나는 내 것이다. 펠리빠는 가끔 식사를 거르는데, 그럴 때면 그녀의 접시는 내 몫이다. 그래서 나는 펠리빠를 좋아한다. 나는 항상 배가 고프기 때문이다. 나는 배가 부르다고 생각해 본 적이 한 번도 없다. 그녀의 몫을 해치워도 마찬가지다. 사람들은 음식을 먹으면 배가 부르다는데, 나는 접시를 싹싹 다 비워도 배가 고프다. 펠리빠도 알고 있다. 사람들은 아무리 먹어도 배가 차지 않는 나를 미친놈이라고 한다. 대모는 그런 말을 들었다고 한다. 그러나 나는 들은 적이 없다. 대모는 내가 혼자 밖에 나가는 것을 허락하지 않는다. 내가 바깥 구경을 하는 것은 성당에 미사를 보러 갈 때다. 거기서 대모는 나를 자기 옆에 바짝 다가앉히고서 숄 자락으로 내 손목을 묶는다. 나는 대모가 왜 내 손목을 묶는지 그 이유를 모르지만, 나를 혼자 내버려 두면 금방 미친 짓을 하기 때문이란다. 하루는 사람들이 내가 사람 목을 조르고 다닌다는 말을 지어냈다. 내가 어떤 아주머니 목을 졸랐다는 것이다. 나는 기억이 없다. 그러나 내가 그런 짓을 한다고 말한 사람은 대모다. 그녀는 절대 거짓말을 하지 않는다. 그녀가 밥을 먹으라고 나를 부르면, 그것은 내 몫의 밥을 주기 위해서다. 그녀는 자기들과 함께 밥을 먹자고 나를 초대한 사람들처럼 그러지 않는다. 내가 음식은 고사하고 아무것도 못 먹고 도망칠 때까지 돌팔매질을 해 대는 사람들처럼 그러지 않는다. 대모는 나한테 잘해 준다. 그래서 나는 대모의 집에 있는 게 좋다. 더욱이 이 집에는 펠리빠가 산다. 펠리빠는 나한테 너무 잘한다. 그래서 좋아하는데…… 그녀의 젖은 히비스커스 꽃처럼 달콤하다. 나는 염소 젖도 먹고, 새끼를 갓 낳은 암소 젖도 먹어 보았지만, 그 맛이 아니다. 그녀의 젖과는 다르다. 맛있는 그녀의 젖만큼은…… 하지만 그녀가 가슴만 있는 나와 달리 자신이 갖고 있는 젖통을 나한테 빨게 해 준 것은 오래전 일이다. 그녀가 자기 가슴에서 젖통을 빼 내어 나한테 주는 젖은 대모가 일요일 점심에 우리한테 나누어 주는 우유보다 맛있다. 훨씬 더…… 그때만 해도 펠리빠는 밤마다 내가 잠을 자는 방으로 들어왔고, 내 몸 위나 내 곁에 누워 내가 혀로 똑똑 떨어지는 달짝지근한 젖을 잘 빨 수 있게 자기 젖통을 잡아 주었는데…… 나는 허기를 채우기 위해 히비스커스 꽃을 자주 먹는다. 펠리빠의 젖이 그 맛이다. 그리고 그녀의 젖이 더 마음에 드는 이유는 또 있는데, 그것은 내가 젖을 빠는 동안에 그녀가 내 온몸에 간지럼을 태워 주었기 때문이다. 그러고는 거의 매일 밤 내 곁에서 잠들었다가 새벽에 돌아갔기 때문이다. 나는 그녀와 같이 있으면 그렇게 좋을 수 없다. 추워서 오들오들 떨지 않고, 언젠가 내가 죽어서 지옥에 혼자 있는 심판을 받더라도 무서워하지 않고……. 나는 지옥이 무서울 때도 있고, 무섭지 않을 때도 있다. 요즘 나는 언젠가 내가 지옥으로 가게 된다는 생각이 나를 깜짝깜짝 놀라게 해서 좋다. 내 골통이 워낙 단단해서 누구든지 처음 만나는 사람에게 박치기를 해 줄 수 있기 때문이다. 그러나 펠리빠를 만나면 내 두려움이 사라진다. 내 두려움을 아는 그녀는 자기 손으로 내 몸을 더듬어 간지럼을 태우고, 내가 죽게 된다는 두려움에서 벗어나게 해 준다. 내가 잠시나마 두려움을 잊을 때까지……. 펠리빠는 나와 함께 있고 싶을 때면, 내가 저지른 모든 죄를 하느님한테 일러바칠 거라고 말한다. 하늘나라로 빨리 가서 하느님한테 내 머리끝부터 발끝까지 꽉 차 있는 모든 나쁜 것을 용서해 달라고 이야기할 거란다. 그녀는 하느님에게 나를 용서해 달라고, 그래서 내가 더 이상 걱정하지 않도록 해 줄 것이다. 그래서 그녀는 날마다 고해를 한다. 그녀가 나쁜 여자라서 그러는 게 아니라, 내 마음에 악마가 들어 있기 때문이다. 그래서 그녀는 날마다 고해를 하며, 내 몸속의 사악한 혼령을 반드시 끄집어내야 한다. 그녀는 날마다 고해를 한다. 낮이나 밤이나 고해를 한다. 그녀는 평생 나에게 호의를 베풀 것이다. 그것은 그녀가 나한테 한 말이다. 그래서 나는 그녀를 너무나 좋아한다……. 그건 그렇고, 사람이 단단한 골통을 갖고 있다는 것은 위대한 일이다. 종일 복도 기둥에 쿵쿵 찧고 다녀도 아무런 탈이 없고 깨지지 않는다. 그런데 누군가는 기둥이 아니라 바닥에다 찧는다. 처음에는 천천히, 나중에는 무지하게 세게 찧는데, 그때마다 북 치는 것 같은 소리가 난다. 그 소리는 미사 시간에 들리는 피리 소리와 똑같다. 그런데 누군 가는 성당에서 대모에게 손목이 묶인 채 밖에서 들리는 북소 리에 귀를 귀울이고 있다. 둥둥둥……. 대모는 내 방에 빈대나 바퀴벌레 혹은 전갈이 있다면서, 내가 지옥에 가서 불에 타 죽 으려고 골통을 바닥에 찧는 심술을 부리는 탓이란다. 그렇지 만 내가 원하는 것은 북소리를 듣고 싶은 것이다. 그것은 대 모도 반드시 알아야 한다. 누군가는 성당에서 북소리를 들으 면, 어떻게 그 소리가 성당 안까지 들리는지, 어떻게 신부님의 설교와 겹치는지 알기 위해 어서 빨리 밖에 나가고 싶어 한다 는 것을 말이다. "좋은 일을 행하는 길은 빛으로 충만합니다. 나쁜 짓을 저지르는 길은 어둡습니다." 그 말은 신부님의 설 교다……. 나는 침대에서 일어나 아직은 어두운 거리로 나간 다. 거리를 쏘다니다가 날이 새기 전에 집으로 돌아와 방에 처 박힌다. 거리에는 많은 일이 벌어진다. 거리에는 누군가를 보 자마자 돌팔매질을 해 대는 사람들이 넘쳐난다. 사방에서 커 다란 돌멩이들이 비 오듯 쏟아진다. 그러면 누군가는 셔츠를 수선해야 하고, 찢어진 얼굴이나 깨진 무릎의 상처가 다 나을 때까지 며칠을 기다려야 한다. 그리고 손목이 다시 묶여도 참 아야 한다. 그렇지 않으면 상처에 돋아난 딱지가 떨어져서 다 시 피를 흘리기 때문이다. 사실 달짝지근한 피 맛이 좋긴 하지 만 펠리빠의 젖 맛은 아닌 것 같다……. 나는 그래서, 사람들 이 돌을 던지지 못하도록 항상 집 안에 처박혀 산다. 밥을 먹 는 즉시 방에 틀어박히고, 어둠 속에서 생각에 잠긴 채 벌을 받지 않으려고 문고리를 걸어 잠근다. 나는 바퀴벌레들이 내 몸에 기어올라도 등잔불을 켜지 않는다. 꼼짝도 하지 않는다. 나는 포대 자루 위에 누워 있다가 목덜미에 바퀴벌레의 촉수를 느끼면 가차 없이 손바닥으로 내리쳐서 그대로 짓이긴다. 그러나 불은 켜지 않는다. 모포 밑에 숨어 있는 놈들을 찾는답시고 등잔불을 켜고 돌아다니다가 발각되면 안 되기 때문이다……. 바퀴벌레 배를 터뜨리면 폭죽 터지는 소리 같은 소리가 난다. 귀뚜라미도 그런 소리가 나는지는 모르겠다. 나는 귀뚜라미를 한 번도 죽인 적이 없다. 펠리빠는 귀뚜라미들이 계속해서 숨도 쉬지 않고 우는 것은 연옥에서 괴로워하는 영혼들의 외침이 들리지 않게 하기 위해 그런 거란다. 귀뚜라미가 울음을 그치면, 세상은 구원받지 못한 영혼들의 외침으로 가득 차서 우리 모두가 부리나케 도망칠 것이다. 사실 나는 귀를 쫑긋 세우고 귀뚜라미 울음소리를 듣는 게 참 좋다. 내 방은 귀뚜라미가 많다. 어쩌면 여기, 내가 잠을 자는 포대 자루 사이에는 바퀴벌레보다 귀뚜라미가 더 많을 것이다. 이 방에는 전갈도 산다. 놈들은 아무 때고 천장에서 떨어지는데, 누군가는 그때마다 자기 몸에 떨어진 놈들이 바닥으로 내려갈 때까지 제대로 숨을 쉬지 못한다. 팔을 움직이거나 몸을 뒤척였다가는 무시무시한 불침에 쏘이기 때문이다. 놈의 불침은 정말이지 너무나 아프다. 놈이 한 번은 펠리빠 엉덩이를 물었는데, 그녀는 엉덩이를 잃을까 봐 울고불고 난리를 떨며 성모 마리아를 찾았다. 나는 그녀의 엉덩이에 침을 발라 주었다. 밤새 침을 발라 주면서 함께 기도했고, 그래도 별로 나아지지 않아서 함께 울어 주었다. 나 역시 눈물을 쥐어짜면서……. 어쨌든 나로서는 방에 틀어박혀 있는 게 거리에 나갔다가 무턱대고 때리기 좋아하는 자들의 눈에 띄는 것보다 한결 낫다. 여기선 아무도 나를 건드리지 않는다. 대모는 내가 히비스커스 꽃을 따 먹든, 도금양 열매를 따 먹든, 석류를 따 먹든 나무라지 않는다. 그녀는 내 배 속에 걸신이 들어 있다는 것을 잘 안다. 배고픔이 끝나지 않는다는 것을 잘 안다. 내가 여기저기 돌아다니며 닥치는 대로 먹어 치워도 내 배 속을 채우는 음식이 없다는 것을. 그녀는 내가 살이 통통한 돼지한테 주는 축축한 콩이며, 빼빼 마른 돼지한테 주는 깡마른 옥수수까지 먹어 치운다는 것을 잘 안다. 대모는 이미 알고 있다. 내가 새벽에 눈을 떠서 밤에 잠자리에 들 때까지 시도 때도 없이 배가 고프다는 것을. 나는 먹을 것이 있는 한 여기서 살 것이다. 나는 먹지 못하면 죽게 되고, 죽자마자 지옥으로 가게 될 거라고 믿기 때문이다. 내가 지옥에 가면, 아무도 나를 구해 주지 않을 것이다. 나한테 그렇게 잘해 주는 펠리빠도, 내가 목에 걸고 다니는, 대모가 나한테 선물한 성모상마저도……. 지금 나는 배수구 옆에 앉아서 개구리가 나오기를 기다리고 있다. 내가 이 이야기를 하는 동안에 한 마리도 빠져나오지 않았지만 말이다.

개구리를 기다리는 동안, 나는 잠이 들 수도 있고, 그러다가 나중에는 그놈들을 죽일 방도가 없게 될 터인데, 만일 그렇게 되면 대모는 개구리 울음소리에 잠이 들지 못한 채 몹시 화를 낼 것이다. 그리고 그렇게 되면, 그녀는 자기 방에 걸려 있는 아무 성인들한테 악마를 보내 달라고 간구할 것이다. 악마들이 나를 질질 끌고서 연옥도 안 거치고 곧장 지옥으로 데려가 게끔 말이다. 그렇게 되면, 나는 연옥에 있을 아버지도 못 보고, 어머니도 못 본 채 곧장 지옥으로 가게 될 거고……. 그러니 차라리 쉬지 않고 이야기하는 게 낫다……. 지금 내가 가장 하고 싶은 것은 무엇보다도 펠리빠의 젖을 맛보는 것이다. 오벨리스크 꽃에서 나오는 꿀처럼 달짝지근한 젖을…….

# 불타는 평원

어미 개를 죽였지만,
새끼들은 살아 있네…….
— 떠도는 노래

"뻬뜨로닐로 플로레스 만세!"

함성이 들렸다. 벼랑을 타고 올라온 함성이 우리 귀에 머물렀다가 이내 사라졌다.

한동안 벼랑 밑에서 부는 바람이 마치 불어난 물살에 자갈 구르는 소리 같은 떠들썩한 소리를 우리 쪽으로 실어 오고 있었다.

다시 함성이 들렸다. 똑같은 곳에서 시작되어 벼랑을 타고 올라오는 소리가 한결 또렷했다.

"뻬뜨로닐로 플로레스 장군 만세!"

우리는 서로의 얼굴을 쳐다보았다.

뻬라[19]가 천천히 몸을 일으켰다. 그는 카빈 소총에 장전된

---

19) '암캐'라는 뜻의 에스파냐어로, 등장인물의 별명이다.

탄창을 빼내어 상의 호주머니에 넣고서 베나비데스 사형제에게 다가갔다. "자, 너희들은 날 따르도록! 이번에는 어떤 투우놀이를 즐겨야 할지 알아봐야겠어." 호리호리한 뻬라가 돌담 밖으로 상체가 드러났지만 아랑곳하지 않고 당당하게 앞장을 서자, 사형제가 몸을 잔뜩 웅크리며 뒤를 따랐다.

다들 꼼짝도 하지 않았다. 돌담 밑에 벌렁 드러누운 우리 모습이 흡사 햇볕에 축축한 몸을 데우는 이구아나 같았다.

돌담은 언덕을 오르내리는 굴곡을 이루고 있었다. 그러다 보니 그 길을 따라가는 그들의 뒷모습 역시 굴곡을 이루는 게 마치 노끈으로 서로의 발목을 묶은 채 걷는 것 같았다. 그들이 모습이 우리의 시야에서 사라졌다. 우리는 다시 언덕 쪽으로 고개를 돌리다가 가지가 낮게 드리워져 적잖은 그늘이 되어주는 아몰레나무[20]를 바라보았다.

그 냄새였다. 뜨거운 땡볕에 달구어진 은밀한 냄새는 아몰레 나무 썩는 냄새였다.

한낮의 졸음이 밀려들었다.

그러나 줄곧 벼랑을 타고 오르는 시끌벅적한 소리가 우리를 가만 놔두지 않았다. 그때마다 귀를 쫑긋 세웠지만 알아들을 수가 없었다. 마치 멀리서 달구지들이 비좁은 자갈길을 지나갈 때 나는 소리를 듣는 기분이었다.

그런데 난데없이 총성이 울렸다. 그 소리가 메아리로 부딪

---

20) '아몰라'라는 지명에서 유래한 나무 이름으로, 열매는 빨아서 비누 대용으로 사용한다.

치면서 벼랑을 타고 올라왔다. 벼랑이 허물어져 내리는 것 같았다. 총성은 모든 것을 현실로 되돌려 놓았다. 아몰레나무들 사이에서 노닐던 새들이 날아올랐다. 몸통이 붉은 또또칠로[21]였다. 낮잠을 즐기던 매미들도 울어 대기 시작했다. 사방이 어수선해졌다.

"뭐야?" 낮잠에서 덜 깬 뻬드로 사모라가 물었다.

치우일라[22]가 몸을 일으켰다. 그는 카빈 소총을 막대기처럼 질질 끌면서 앞서 간 동료들의 뒤를 따랐다.

"무슨 일인지 알아봐야겠어." 그리고 앞서 간 동료들이 그랬듯 우리의 시야에서 사라졌다.

사실 우리는 그들이 언제 나타났는지 몰랐다. 귀를 멍하게 만드는 매미들의 자지러진 울음소리 탓이었다. 그러나 그들은 이미 우리 앞에 모습을 드러내고 있었다. 무방비 상태나 다름없었다. 제복들이 길을 서두르는 것으로 봐서 그대로 통과할 모양이었다.

우리는 자세를 고쳐 잡고 돌담의 총안을 통해 그들을 주시했다.

선두가 지나갔다. 이어 두 번째 대열이, 그 뒤를 또 다른 대열이 따랐다. 상체를 앞으로 구부린 채 졸면서 걷고 있었다. 땀으로 범벅인 그들의 얼굴이 개천을 건널 때 물에 빠졌다가 나온 것처럼 반들거렸다.

---

21) 멕시코에 흔히 자생하는 잡새.
22) 멕시코의 지명을 따서 붙인 별명.

그들의 대열이 이어졌다.

신호가 왔다. 긴 휘파람 소리가 들렸다. 동시에 뻬라 일행이 도착한 곳으로부터 사격이 시작되고, 우리 쪽에서도 총구가 불을 뿜었다.

싱거운 싸움이었다. 그들의 수효가 돌담 사이로 뚫린 총안을 거의 막을 만큼 많다 보니, 우리는 숫제 총부리를 들이댄 채 쏘는 거나 다름없었고, 그들은 난데없는 총질에 영문도 모른 채 허망하게 죽어 갔다.

그러니 그 상황은 오래가지 못했다. 적어도 첫 번째와 두 번째 총격이 끝날 때까지는 말이다. 총안을 가득 채우던 그들은 이제 마치 누군가가 그들을 싣고 와서 한꺼번에 내다버리고 떠난 것처럼 길 한복판에 무더기로 쓰러져 있었다. 살아남은 자들은 보이지 않았다. 그들은 잠시 후에 다시 나타났다가 다시 사라졌다.

우리는 그들이 다시 나타날 때까지 기다려야 했다.

그사이 누군가가 소리쳤다. "뻬드로 사모라 만세!"

그러자 저쪽에서 거의 기어 들어가는 목소리가 응답했다.

"오, 어린 수호성자님, 절 구원해 주세요. 구원해 달라고요. 산또니뇨 데 아또차[23] 님, 살려 주세요!"

우리 머리 위로 개똥지빠귀가 무리를 지어 언덕을 향해 날아갔다.

세 번째 총격전은 우리 뒤쪽에서 시작되었다. 이번에는 그

---

23) 나중에 스스로 걷는 기적을 보여 준 어린 성자.

들의 총구가 불을 뿜었다. 우리는 돌담을 넘고, 우리의 총알을 맞고 쓰러진 자들을 지나서 다급하게 내달렸다.

우리가 덤불 사이로 줄행랑을 놓는 동안에 그들이 쏘아 대는 총알이 발뒤꿈치에서 톡톡 튀었다. 흡사 메뚜기 밭에 뛰어든 꼴이었다. 여기저기서 뼈가 으스러지는 소리가 들렸다.

정신없이 내달렸다. 우리는 벼랑 끝으로 내몰리다가 낭떠러지로 떨어졌다. 스스로를 떼밀어 내듯이.

그러나 그들은 총질을 멈추지 않았다. 우리가 불빛에 놀란 오소리마냥 맞은편 벼랑으로 기어오른 뒤에도 계속해서 총알이 날아들었다.

"이 개자식들아!" 그들이 다시 함성을 질렀다. "뻬뜨로닐로 플로레스 장군 만세!" 그 소리가 마치 폭풍우를 예고하는 천둥소리처럼 벼랑 밑으로 울려 퍼졌다.

*

우리는 거대하고 매끈한 바위 뒤에 몸을 웅크린 채 가쁜 숨을 몰아쉬었다. 다들 뻬드로 사모라를 쳐다보며 말 대신 눈으로 물었다. 대체 어찌된 영문이냐고. 그러나 그 역시 우리를 쳐다볼 뿐 말이 없었다. 이미 모든 말을 끝낸 것 같았다. 아니, 잉꼬처럼 혀가 말려 들어가 말하는 것조차 힘든 것 같았다.

뻬드로 사모라가 여전히 우리를 응시했다. 눈으로 헤아리고 있었다. 빨갛게 충혈된 눈으로, 항상 모든 것을 밝혔던 눈으로 어림하고 있었다. 그는 우리가 몇 명이었는지 알고 있었지만 도저히 믿기지 않은 모양이었다. 그래서 세고 또 세고 있었던 것이다.

열한 명, 아니면 열두 명이 부족했다. 뻬라와 그의 일행 그리고 치우일라를 제외하고도 말이다. 물론 치우일라는 아몰레 나무 위로 올라가 자신의 무기인 후장총(後裝銃)에 위에 걸터앉아서 이동하는 연방군을 느긋하게 지켜보고도 남을 인물이었다.

뻬라의 두 아들인 호세 형제가 바위 위로 고개를 들고 일어섰다. 그들은 안절부절못하고 뻬드로 사모라의 지시를 기다렸다. 마침내 그가 입을 열었다.

"또 이런 식으로 걸려들면, 우린 끝장이야."

그러고는 울컥 치솟는 분노를 삼킨 사람처럼 잠긴 목소리로 호세 형제에게 소리쳤다. "자네들 부친이 안 보인다는 거, 나도 알고 있어! 하지만 참으라고, 참을 수밖에! 지금 찾으러 갈 테니까!"

총성이 울렸다. 맞은편 산비탈에서 띨디오[24] 떼가 날아올랐다. 날짐승들은 벼랑 위로 내려앉다가 우리를 발견하자마자 방향을 돌렸고, 해를 마주 보면서 맞은편 산비탈로 되돌아가 요란스럽게 울어 댔다.

호세 형제가 아무런 대꾸 없이 그들의 자리로 돌아가 쪼그려 앉았다.

우리는 오후 내내 그렇게 앉아 있었다. 서서히 어둠이 깃들

---

24) 주로 강변에 서식하는 잡새.

쯤에 치우일라가 사형제 중의 한 명과 함께 나타났다. 두 사람은 저 아래, 그러니까 뻬에드라리사에서 오는 길이라면서 연방군이 철수를 했는지는 모른다고 전했다. 간간이 코요테 울음소리가 들리긴 해도 더 이상의 움직임은 없다는 것이었다.

"이봐, 뻬촌!" 뻬드로 사모라가 나를 불렀다. "호세 형제를 데리고 뻬에드라리사로 가서 뻬라를 찾아보도록. 죽었거든 묻어 주고. 다른 동료들도 마찬가지야. 혹시 부상자가 있으면, 가우초[25]들의 눈에 띌 만한 적당한 곳을 찾아 옮기도록 해. 부상자를 데려와선 절대 안 된다는 거, 명심하고."

"그렇게 하겠습니다."

우리는 곧장 길을 떠났다.

우리가 말들을 가두었던 축사에 가까워지면서 코요테 울음소리도 더 크게 들렸다. 말들은 보이지 않고, 대신 뻬쩍 마른 당나귀가 텅 빈 목장을 지키고 있었다. 예전부터 살던 짐승이었다. 말들은 연방군이 끌고 간 게 틀림없었다.

우리는 사형제 중의 세 명을 덤불 뒤에서 발견했다. 그들의 몸이 서로 포개진 채 쓰러져 있었다. 누군가가 일부러 쌓아 둔 것 같았다. 우리는 혹시라도 숨이 붙어 있는지 그들의 고개를 들어 살짝 흔들어 보았다. 다들 죽은 몸이었다. 짐승들이 물을 마시는 도랑에서도 한 명을 발견했는데, 낫으로 난도질을 당했는지 갈비뼈가 튀어나와 있었다. 그들만이 아니었다. 담장 위아래로 얼굴빛이 거무튀튀하게 변해 버린 동료들이 쓰러져

---

25) 라틴아메리카의 목동.

있었다.

"이유도 없이 숨통을 끊어 버린 거야." 호세 형제 중의 하나가 중얼거렸다.

우리는 뻬라를 찾기 시작했다. 다른 사람도 아닌 그 유명한 뻬라를.

허사였다.

'놈들이 데려간 거야.' 우리는 그렇게 생각했다. '자기들의 공로를 정부에다 알리려고.' 그래도 우리는 포기하지 않고 그를 찾아 덤불밭을 뒤졌다. 여전히 코요테들이 짖고 있었다.

밤새도록 울부짖었다.

*

그로부터 며칠 후, 우리는 아르메리아에서 뻬뜨로닐로 플로레스와 다시 맞닥뜨렸다. 강을 건너던 참이라 물러설 여유조차 없었다. 우리는 속수무책으로 당했다. 전투가 아니라 일방적인 총살형이었다. 선두에 섰던 뻬드로 사모라는 땅딸막한 갈색 말의 고삐를 조이며 정신없이 내달렸다. 그의 말은 내가 아는 짐승들 중에서 최고였다. 우리 역시 짐승의 목덜미에 상체를 바싹 갖다 붙인 채 뒤를 따랐다. 그러나 결과는 떼죽음이었다. 그 와중에 나는 죽은 내 말에 깔린 채 강물 속에 처박혔는데, 겨우 정신을 차렸을 때는 짐승과 함께 멀리, 물이 얕은 모래톱까지 떠내려가고 있었다.

그날의 만남은 우리가 뻬뜨로닐로 플로레스의 정부군과 맞선 마지막 싸움이었다. 그 뒤로 우리는 싸우지 않았다. 아니, 보다 정확하게 표현하자면, 싸우지 않고 지낸 지 꽤 오래되었고, 싸움을 피해 다녔다. 날이 갈수록 머릿수가 줄어들자 우리는 그들의 추적을 피해 산으로 들어갔다. 그리고 그나마 남아 있던 동료들도 몇몇 패거리로 갈라지다 보니 아무도 우리를 두려워하지 않았다. "저기 사모라 패거리가 오고 있다!" 예전처럼 우리를 보자마자 그렇게 소리치며 도망치는 사람은 어디에도 없었다.

야노그란데는 평화를 되찾았다.

*

그러나 야노그란데의 평화는 오래가지 못했다.

우리가 또신 협곡을 은닉처로 삼은 지 여덟 달이 지났다. 우리는 아르메리아 강이 산자락 아래로 물을 흘려 보낼 때까지 몇 시간이고 머무는 그곳에서 우리의 존재가 세상 사람들의 뇌리에서 잊힐 때까지 몇 년이든 참고 기다릴 작정이었다. 우리는 이미 닭을 키우고 사슴을 좇아 산을 타기도 했다. 우리는 모두 다섯 명이었다. 아니, 호세 형제들 중에서 연방군에게 쫓기다가 허벅지에 총상을 입고 한쪽 다리를 잃은 채 살아남은 한 명을 제외하면, 네 명이나 다름없었다.

거기 머무는 동안, 우리는 우리 자신이 아무짝에도 쓸모없는 존재라는 기분이 들기 시작했다. 그들이 우리의 목을 매단다고 생각하지 않았으면, 우리는 제 발로 걸어 나가 투항했을 것이다.

그런데 그즈음에 아르만시오 알깔라라는 자가 나타났다. 뻬드로 사모라에게 전갈이나 서신을 전달하는 인물이었다.

새벽이었다. 우리는 암소를 잡다가 뿔피리 소리를 들었다. 멀리 야노 쪽이었다. 잠시 후에 다시 들렸다. 처음에는 날카롭게, 그러다가 걸걸하게, 그러다가 다시 날카롭게 바뀌는 황소 울음 같은 소리가 강물 으르렁거리는 소리에 잠잠해질 때까지 메아리치면서 전해져 왔다.

이제 막 해가 떠오르고 있을 때 두송 숲 사이로 알깔라가 나타났다. '매그넘 44' 탄띠 두 줄을 몸에 두르고, 말 잔등에는 장총 한 묶음이 짐짝처럼 매달려 있었다.

그가 말에서 내렸다. 우리에게 장총을 나눠 주고는 나머지 무기를 다시 꾸리며 입을 열었다.

"오늘과 내일 사이에 급한 일이 없거든 산부에나벤뚜라로 떠날 채비를 갖추시오. 뻬드로 사모라가 기다리고 있소. 그사이에 나는 사나떼[26] 형제를 찾아보고 다시 돌아오리다."

이튿날 저녁에 그가 다시 돌아왔다. 사나떼 형제는 물론이고 낯선 인물 세 명과 함께였다. 그들의 얼굴이 저녁노을에 검붉게 물들어 있었다.

"말은 가는 도중에 구해 봅시다." 그가 말했다. 우리는 그를 뒤따랐다.

우리는 산부에나벤뚜라에 도착하기 훨씬 전에 목장들이 불

---

26) 까마귓과의 새 이름을 따서 붙인 별명.

타고 있다는 것을 알았다. 불이 가장 높게 활활 타오르는 곳은 농장 곳간이었는데, 그 광경이 마치 테레빈유 저장고를 태우는 것 같았다. 제 몸을 휘감고 치솟는 불길이 어두운 하늘에서 빛을 내뿜는 거대한 구름처럼 보였다.

우리는 산부에나벤뚜라의 타오르는 화염에 취한 채 앞장을 섰다. 마치 무엇인가가 우리가 할 일은 바로 거기에 있고, 거기서 끝장을 봐야 한다고 말하는 것 같았다.

도중에 우리는 길을 재촉하는 행렬을 만났다. 말을 탄 선두 뒤로 선두의 안장에 매단 밧줄에 양손이 묶인 자들이 긴 띠를 이루고, 그들에 이어 간신히 땅바닥을 기거나 밧줄에 목이 감긴 자들이 질질 끌려오고 있었다.

우리는 그들의 행렬을 지켜보았다. 맨 뒤에는 뻬드로 사모라와 그의 일행이 말을 타고 오고 있었다. 그렇게 많은 사람들을 본 적이 없었다. 뿌듯한 기분이 들었다.

우리는 길게 인간 띠를 이루며 야노그란데를 가로지르는 뻬드로 사모라 부대를 지켜보면서 가슴이 뭉클해졌다. 바람을 타고 흩뿌려지는 우이사뽈[27]처럼 대지를 박차고 일어났던 시절이 떠올랐다. 우리 모두가 마치 야노 일대를 두렵게 만들던 그 시절로 되돌아간 것 같았다.

---

27) 해바라기와 비슷한 식물.

거기서 우리는 산뻬드로로 갔다. 산뻬드로를 화염으로 몰아넣고 뻬따깔로 향했다. 때는 바야흐로 옥수숫대가 살갗을 찌르는 철이었는데, 야노에 굴곡을 이루며 펼쳐진 옥수수 밭은 사나운 바람에 바싹 말라 있었다. 그리하여 옥수수 밭에서 시작하여 목장으로 번지는 불길이 더없이 아름다웠다. 야노 자체가 아궁이였다. 갈대밭까지 타 들어가는 불길이 옥수숫대 타는 냄새와 날짝지근한 꿀 냄새를 풍기는 연기를 피워 올렸다.

우리는 짙은 연기를 헤치며 앞으로 나갔다. 연기에 그을린 얼굴들이 흡사 유령 같았다. 우리는 닥치는 대로 짐승들을 거둬들여 가죽을 벗겼다. 그것은 우리의 사업이었다.

뻬드로 사모라는 이렇게 일갈했다. "우리는 이 혁명을 부자들의 돈으로 치를 것이다. 우리의 혁명에 필요한 제반의 경비와 무기는 부자들이 조달해야 할 것이다. 지금 우리는 싸움을 치를 군대를 갖추지 못했지만, 정부군에 맞서 우리가 막강하다는 것을 보여 주기 위해 하루바삐 군자금을 마련해야 할 것이다."

마침내 정부군이 나타났다. 그들은 이전처럼 무차별한 살육에 나섰지만 이전 군대와 똑같지는 않았다. 우리와 일정한 거리를 유지하는 게 그들의 두려움을 반증해 주었다.

그러나 우리 역시 그들을 두려워했다. 우리는 매복하고 있다가 그들의 무기가 철컥거리는 소리만 들려도, 그들의 말이

지나가면서 돌멩이 차는 소리만 들려도 마치 달걀이 목구멍에 걸린 사람처럼 숨이 턱 막히는 두려움에 사로잡혔다. 그들이 지나가면서 우리를 곁눈질로 쳐다보며 이렇게 말하는 것 같았다. "네놈들이 어디 있는지 다 알지만, 우린 그냥 모른 척하는 것뿐이라고."

실제로 그런 것 같았다. 길을 가던 그들이 느닷없이 말을 방패 삼아 땅바닥에 엎드렸고, 그들의 다른 부대가 서서히 우리를 압박해 올 때까지 전열을 유지했다. 닭장 속에 암탉을 몰아넣듯 말이다. 사실 우리는 그때 이미 우리의 병력이 많긴 하지만 오래 버티지 못할 거라는 것을 눈치챘다.

그런데 그들은 처음부터 우리를 뒤쫓던, 순전히 구령과 제식으로 우리를 놀라게 만들던 우르바노 장군의 군대가 아니었다. 목장에서 차출된 그들은 우리의 그림자만 얼씬거려도 쫓아왔다가 궤멸되었다. 그들에 이어 다른 군대가 왔다. 그들은 올라체아라는 인물이 이끄는 자들로 기세가 당당하고 성깔이 고약했다. 대부분이 고산 지대인 떼오깔띠체 출신이었지만, 그들 중에는 떼뻬우안 인디오들이 섞여 있었다. 특히 산발한 인디오들은 며칠 동안 아무것도 먹지 않고 견디면서 몇 시간이고 눈 한번 깜박이지 않은 채 표적을 기다렸고, 표적이 머리를 내밀면 썩은 나뭇가지 부러뜨리듯 한 방에 척추를 분질러 버리는 '윈체스터 30-30' 장총의 방아쇠를 당겼다.

그러니 우리로서는 정부군을 상대로 매복을 고집하는 것보다 목장을 습격하는 게 훨씬 수월했다. 우리는 사방으로 흩어져 목장을 찾아다녔고, 마치 미쳐 날뛰는 노새처럼 전에 없는 폭력과 악행을 저지르고서 부리나케 줄행랑을 놓았다.

또 그런 식으로 화산 자락에 위치한 하스민의 목장들이 불타는 동안, 우리 중의 다른 한 패는 우리가 내지르는 함성을 들으면서, 그들로 하여금 우리 머릿수가 많다고 여기도록 우이사체 가지를 질질 끌고 다니며 일으키는 흙먼지를 뒤집어쓰면서 매복 중인 그들의 파견대를 덮쳤다.

정부군은 차라리 몸을 사리면서 때를 기다리는 게 나았다. 그들은 여기저기로 이동해서 잠시 머물렀으며 우리보다 앞서 가거나 만연자 심한 채 뒤처졌다. 그들의 주둔지에서는 마치 개간지를 태우듯 거대한 불길이 타오르는 산지들이 보였다. 반면, 우리는 밤낮으로 정부군 부대와 목장이, 때때로 뚜사밀빠나 사뽀띠뜰란처럼 밤이면 더욱 빛나는 도시들이 불타는 광경을 지켜보았다. 그리하여 올라체아가 이끄는 부대는 다른 곳으로 이동할 수밖에 없었다. 그들이 가까스로 도착한 또똘리미스빠 일대 역시 화염에 휩싸이긴 마찬가지였지만 말이다.

그런 정부군을 지켜보는 것은, 그러니까 전투를 벌이고자 떼뻬메스끼떼[28] 숲을 부랴부랴 빠져나온 그들이 깊은 물속으로 잠수해 버렸는지, 산지에 에워싸인 거대한 야노의 비좁은 틈으로 사라져 버렸는지 모르는 적을 찾아서 텅 빈 황무지를 가로지르는 모습을 지켜보는 것은 그야말로 멋들어진 일이었다.

---

28) 콩과에 속하는 높이 4~12미터의 나무.

우리는 꾸아스떼꼬마떼에 불을 질렀다. 그리고 그곳에서 투우 놀이를 했다. 뻬드로 사모라는 투우 놀이를 무척이나 좋아했다.

연방군은 라뿌리피까시온이라는 곳을 찾아서 아우뜰란 쪽으로 떠났는데, 그들은 우리가 이미 빠져나온 그곳에 잔당의 무리가 남아 있다고 믿었던 것이다. 그리하여 그들이 떠난 꾸아스떼꼬마떼에는 우리만 남았다.

그곳에서 투우 놀이를 할 기회가 생겼다. 그곳에는 낙오된 정부군 여덟 명 외에 농장 십장과 관리인이 남아 있었는데, 그들이 이틀간 투우사 역할을 맡게 된 것이다.

우리는 산양을 가두는 울타리 형태의 둥그런 투우장을 만든 다음, 투우사들이 도망치지 못하도록 빗장 위에 걸터앉았다. 그들은 투우 역할을 맡은 뻬드로 사모라가 황소 뿔 대신에 찔러 대는 쇠꼬챙이처럼 예리한 칼끝을 피해야 했다.

정부군 여덟 명은 그날 오후의 제물이, 나머지 민간인 두 명은 다음 날 제물이 되었다. 그들 중에서 가장 애를 먹인 상대는 수수깡처럼 삐쩍 마른 농장 십장으로, 그는 뻬드로 사모라의 날카로운 칼끝을 요리조리 잘 피했다. 반면에 땅딸보 관리인은 결연하게 죽었다. 어떠한 간교도 부리지 않았다. 말없이 죽어 갔다. 칼 앞에서 꿈쩍도 않는 모습이 오히려 죽음을 달갑게 받아들이는 것 같았다. 그러나 농장 십장은 달랐다.

투우 놀이에 들어가기 전에 뻬드로 사모라는 그들에게 망토를 나누어 주었는데, 무겁고 두툼한 망토는 적어도 십장에게 효과적인 방어 수단이 되었다. 망토의 효용성을 간파하고서 직선으로 들어오는 상대의 칼을 절묘하게 피했던 것이다. 반면에 십장을 쫓아다니던 뻬드로 사모라는 지친 기색이 역력했다. 인내심마저 잃었다. 그는 진짜 투우들이 직진해서 뿔로 들이받는 이전의 방식을 느닷없이 포기하는가 싶더니 꾸아스떼꼬마떼 방식으로, 그러니까 상대의 망토가 한쪽으로 치우치는 틈을 노리다가 늑골을 쑤시는 방식으로 바꾸었다. 늑골을 쓸린 십장은 자기 몸에 무슨 일이 일어났는지 감지하지 못한 채 손에 든 망토를 부지런히 움직였다. 마치 귀찮게 달라붙는 말벌 떼를 떼어내듯. 그러나 그의 움직임은 자신의 몸에서 흘러나오는 피를 보는 순간에 멈추었고, 그제야 그가 다급하게 자신의 옆구리를 손으로 막았지만 손가락 사이로 줄줄 흐르는 피는 멈추지 않고 몸을 빠져나갔다. 마침내 그가 우리를 빤히 쳐다보면서 축사 한복판에 쓰러졌다. 우리는 그의 목을 매달 때까지 그대로 놔두었다. 손을 대 봤자 죽음의 시간만 더 늦추어질 게 빤했기 때문이다.

그 뒤에도 뻬드로 사모라는 기회가 닿는 대로 투우 놀이를 했다. 이전보다 더 자주.

\*

그 시절에 우리는 뻬드로 사모라를 비롯해서 거의 모두가 '아랫녘' 출신이었다. 나중에 다른 지방 출신들이 합류했는데,

연한 치즈 같은 얼굴에 팔다리가 쭉 뻗은 사꼬알꼬 출신 금발 인디오와, 온종일 진눈깨비가 내리는지 항상 우의를 걸치고 다니는 추운 지방 출신의 마사미뜰라 사람들이 그들이었다. 그들은 더워서 배고픔도 잊은 모양이었다. 뻬드로 사모라는 그들에게 저 윗녘을, 사시사철 바람에 씻겨서 모래와 바위만 남아 있는 볼까네스 골짜기를 지키도록 지시했다. 그런데 금발 인디오들은 뻬드로 사모라와 죽이 맞아 도무지 떨어지려 들지 않았다. 항상 그의 곁에 붙어 다니면서 그림자가 되어 주었고, 그가 원하는 모든 일을 해치웠다. 간간이 마을에서 눈여겨본 반반한 처녀들을 데려다 주는 일까지 말이다.

나는 모든 것을 생생히 기억한다. 턱밑까지 쫓아온 정부군을 피해 산지에서 밤을 지새우던 무렵, 어깨에 검붉은 망토를 두른 뻬드로 사모라는 쏟아지는 잠을 참으며 소리 나지 않게 이동할 때마다 우리가 뒤처지지 않도록 일일이 채근했다.

"이봐, 뻬따시오, 짐승에게 박차를 가하라고! 레센디스, 자네는 잠이 들지 않도록 무슨 얘기든 하란 말이야!"

그랬다. 그는 우리를 지켰다. 우리는 한밤중에 꾸벅꾸벅 졸면서 아무런 생각 없이 걸었지만, 그는 우리 모두를 파악했고, 우리가 고개를 들도록 쉬지 않고 말을 걸었다. 우리는 언제 어디서나 부릅뜬 그의 시선을 느꼈다. 그의 눈은 잠들지 않았고, 밤을 지켰고, 어둠에 익숙했다. 그는 우리 모두를 마치 돈다발 세듯 일일이 세면서 우리 곁을 지나갔다. 그때마다 우리는 그의 말발굽 소리를 들었고, 그의 눈이 항상 경계 상태라는 것을 알았다. 그래서 우리는 춥거나 졸음이 쏟아져도 불평 없이 묵묵히 그를 따랐다. 마치 장님처럼.

*

그런데 모든 것은 사율라 고개에서 일어난 열차 사건으로 엉망이 되었다. 만일 그 사건이 일어나지 않았으면, 뻬드로 사모라는 물론이고 치노[29] 아리아스와 치우일라 그리고 많은 이들이 살아 있을 것이며, 순조롭게 돌아다녔을 것이다. 하지만 뻬드로 시모라는 달리는 열차를 탈선시켜 정부의 비위를 건드리고 말았다.

아직도 내 눈에는 시신들이 쌓인 곳에서 치솟던 불길이 선하다. 그들은 죽은 자들을 삽으로 긁어모아 통나무 굴리듯 언덕 밑으로 굴린 다음, 시체 더미에 석유를 붓고 불을 붙였다. 시신이 불에 탄 역겨운 냄새가 바람을 타고 사방으로 퍼져 나갔고, 그 냄새는 여러 날이 지난 뒤에도 가시지 않았다.

사실 우리는 일이 그렇게 진행되리라고는 상상조차 못 했다. 우리는 암소 가죽과 뼈를 철로에 기다랗게 쌓았고, 그것으로 부족할까 봐 곡선 구간의 레일 간격을 벌려 놓은 채 열차를 기다렸다.

새벽이었다. 사물이 빛을 띠기 시작하면서 멀리 열차가 나타났다. 열차 지붕에 사람들의 윤곽이 드러나고 남녀의 목소

---

29) 곱슬머리나 동양인(특히 중국인) 혹은 동양인과 비슷한 얼굴을 지닌 사람을 빗댄 별명.

리가 뒤섞인 노랫소리가 들렸다. 어둠의 자락이 채 가시지 않았지만, 우리는 병사와 창녀 들의 모습을 똑똑히 알아볼 수 있었다. 우리는 때를 기다렸다. 열차는 멈추지 않았다.

사실 마음 같아선 얼마든지 기습 공격을 감행할 수 있었다. 열차가 더디게, 마치 언덕에 오르고 싶다는 듯 끙끙거리면서 힘겹게 움직이고 있었으니 말이다. 게다가 그들과 우리 사이의 거리는 서로 대화를 나눌 수 있을 만큼 가까웠다. 그런데 그때부터 모든 것은 전혀 엉뚱한 방향으로 흘러갔다.

그들은 열차가 마치 누군가가 흔들어 대듯 좌우로 기우뚱거리자 심상치 않는 일이 벌어졌음을 깨닫기 시작했다. 그러나 이미 선로를 이탈한 열차는 차체의 중량과 차량 전체를 가득 채운 승객들 무게를 견디지 못한 채 뒷걸음질치고 있었다. 열차가 슬픔에 겨워 목이 잠긴 소리로 길게 경적을 울렸지만, 다들 그저 눈을 뜨고 지켜볼 뿐 아무도 도와주지 못했다. 그사이 끝이 보이지 않을 정도로 길게 꼬리를 문 열차가 뒤로, 벼랑 끝으로 밀려나는가 싶더니 꼬리부터, 차량들이 꼬리를 물며 줄줄이 벼랑 밑으로 떨어졌다. 정적이 흘렀다. 그 광경을 지켜보던 우리 역시 그들처럼, 죽은 사람처럼 그 자리에 얼어붙었다.

그렇게 모든 것은 끝났다.

이윽고 생존자들이 차량 밖으로 빠져나오기 시작하자, 우리는 자리를 떴다. 엄습하는 공포감에 온몸이 마비된 채.

우리는 은신처를 찾아 며칠을 헤맸다. 정부군은 우리의 은신처를 찾아 이 잡듯 뒤지기 시작했다. 그들은 우리에게 더 이상의 평화를 주지 않았다. 고기 한 조각 씹어 삼킬 여유조차 주지 않았다. 먹고 잠자는 시간을 송두리째 앗아 갔다. 밤과 낮이 따로 없었다. 우리는 또신 협곡으로 이동하려 했지만, 그들이 우리보다 한발 앞섰다. 우리는 화산 자락을 끼고 돌았다. 그 일대에서 가장 높은 산지로 올라갔지만, 이번에도 정부군이 기다리고 있었다. 까미노데디오스[30]라는 곳이었다. 돌풍이 들이닥치듯 날아드는 총알 세례로 온 사방이 뜨거운 화기에 휩싸였다. 화력이 얼마나 센지 바위가 흙 부스러기처럼 바스러졌다. 총알을 비 뿌리듯 쏟아 내면서 몸뚱이를 벌집으로 만드는 무기가 소총이 아니라 기관총이라는 사실은 나중에 알았다. 그로 인해 우리는 정부군이 수천 명이라고 믿었고, 그 순간에 우리가 원했던 모든 것은 오로지 도망치는 것뿐이었다.

우리는 죽자 살자 내달렸다. 치우일라는 까미노데디오스에 남았다가 죽었다. 목에 망토를 두른 채 산매자나무 뒤에 웅크리고 있는 모습이 흡사 추위를 피할 곳을 찾다가 죽은 사람 같았다. 우리가 죽음을 아쉬워하면서 작별 인사를 나누는 동안에도 그의 눈은 우리를 쳐다보고 있었다. 온통 피로 물든, 이가 없는 잇몸을 드러낸 채 우리를 비웃는 것 같았다.

우리는 뿔뿔이 흩어졌다. 그 사건은 차라리 잘된 일이기도 했지만, 어떤 이들에게는 꼭 그런 것만은 아니었다. 어디를 가더라도 거꾸로 매달린 시신이 안 보이면 의아한 기분이 들었

---

[30] '하느님의 길'이라는 뜻의 지명.

다. 무두질이 안 된 가죽마냥 너덜너덜해질 때까지 걸려 있는 시신을 소삘로떼들이 내장을 꺼내 살가죽만 남을 때까지 뜯어먹었다. 우리는 허공 높이 걸린 채 세차게 들이닥치는 바람에 흔들리거나, 어떤 때는 누군가가 바람에 말리려고 걸어 놓은 바지처럼 며칠이고 몇 달이고 매달려 있다가 허리띠만 남은 시신을 볼 때마다 자신의 모습이라고 생각했다.

우리 중의 일부는 쎄로그란데로 도망쳤다. 거기서 마치 뱀처럼 숨어 살면서 야노를, 그러니까 저기 저 멀리 우리가 태어나고 자란 고향을, 그러나 지금은 우리를 죽이기 위해 그들이 기다리는 곳을 바라다보며 한 시절을 보냈다. 때로는 구름이 드리우는 그림자에 흠칫 놀란 가슴을 쓸어내리면서 말이다.

우리는 누군가에게 말하고 싶었다. 우리는 더 이상 싸움을 일삼는 자들이 아니라고, 우리를 편하게 살게 해 달라고. 그러나 여기저기 우리가 입힌 피해가 워낙 많았던 터라 사람들은 이미 등을 돌린 뒤였고, 우리가 얻을 수 있었던 것은 기껏해야 적을 만드는 일뿐이었다. 하물며 윗녘에 사는 인디오들마저 우리를 좋아하지 않았다. 우리가 그들의 가축까지 죽였다는 것이다. 게다가 그들은 정부에서 나누어 준 무기를 갖고 있었으며, 우리를 만나면 사살하라는 지시까지 받았다고 했다.

"우리는 당신들을 보고 싶지 않아요. 당신들을 만나면, 죽일 수밖에 없으니까."

그런 식으로 우리는 땅을 포기했다. 우리는 육신이 묻힐 땅 뙈기조차 없었다. 그때까지 살아남았던 우리는 헤어지기로 결정했고, 각자가 다른 길을 찾아 나섰다.

*

나는 뻬드로 사모라와 오 년을 함께했다. 좋은 날도, 나쁜 날도 있었지만, 나는 오 년의 세월을 청산했다. 그 뒤로 다시는 그를 보지 못했다. 그는 어떤 여자를 따라 멕시코시티로 갔다가, 거기서 살해당했다고 한다. 우리 중의 어떤 이들은 그가 다시 돌아오기를, 그리하여 다시 무기를 들고 일어날 날을 손꼽아 기다렸지만, 우리는 이미 지쳐 버렸다. 그는 아직까지 돌아오지 않고 있다. 거기서 피살당한 것이다. 나와 함께 교도소에서 지내던 자가 해 준 이야기다.

나는 삼 년 전에 출소했다. 여러 죄목으로 형을 받았지만, 뻬드로 사모라와 함께 돌아다녔다는 사실은 기소 내용에서 빠졌다. 그들은 그 사실을 파악하지 못했다. 대신 나에게는 다른 죄목들이 주어졌으며, 그중 하나가 여자애들을 납치하는 못된 행각이었다. 그리고 그들 중의 하나는 나와 함께 살고 있는데, 그녀는 아마도 이 세상에서 누구보다 예쁘고 누구보다 착한 여자일 것이다. 언제 풀려날지 아무도 모르는 나를 교도소 앞에서 하염없이 기다렸던 그 여자 말이다.

"삐촌, 기다리고 있었어요." 그녀가 말했다. "아주 오래전부터 당신을 기다렸다고요."

순간 나는 그녀가 나를 죽이려고 여태껏 기다렸다고 생각했다. 나는 꿈을 꾸듯 기억을 더듬었다. 우리가 난입해서 쑥대밭을 만들었던 밤에 뗄깜빠나 마을 위로 무섭게 쏟아지던 차가운 빗줄기가 다시 느껴졌다. 그녀의 부친은 막 마을을 벗어

나던 우리가 황천길로 보내 버린 노인이 거의 확실했다. 내가 그 노인의 딸을 말안장에 내던지듯 태우고서 그녀가 나를 깨물지 못하도록 머리를 몇 대 쥐어박고 있을 때, 우리 중의 누군가가 부랴부랴 쫓아오는 노인의 이마를 향해 방아쇠를 당겼던 것이다. 당시 열댓 살 나이에 눈이 예쁜 그녀는 끝까지 앙탈을 부리며 나를 애먹이게 만들었다.

"나한테는 당신 아들이 있어요." 그녀가 다시 말했다. "저기요."

그러고는 당황한 기색이 역력한 눈빛에 키가 훌쩍 큰 사내아이를 손가락으로 가리켰다.

"애야, 아버지가 볼 수 있도록 모자를 벗어야지!"

그 아이가 모자를 벗었다. 아이의 눈에 담긴 짓궂은 심술기가 영락없는 나였다. 아버지를 빼닮을 수밖에 없는 그 무엇이 들어 있었다.

"저 애한테도 다들 삐촌이라고 불러요." 그녀가, 아니, 내 아내가 된 그녀가 다시 덧붙였다. "하지만 깡패 짓도 안 하고, 누구를 죽일 줄도 모르는 아주 착한 아이예요."

나는 고개를 푹 숙였다.

# 나를 죽이지 말라고 해!

"얘, 후스띠노, 날 죽이지 말라고 해. 어서 가서 그렇게 얘기하란 말이다. 자비를 베풀라고, 제발이지, 자비를 베풀어 달라고!"

"못 합니다. 거기 있는 하사란 자가 아버지 얘기라면 아예 들으려고도 하지 않는다고요."

"네 말을 듣도록 해 봐. 네가 알아서 어떻게든 해 보라고. 나를 겁주는 거라면, 이 정도면 충분하지 않느냐고. 제발이지, 하느님의 자비를 베풀어 달라고."

"겁만 주려고 그런 게 아니었어요. 그자들은 진짜로 아버지를 죽일 작정인 거 같아요. 아버지, 다시는 안 가고 싶습니다."

"얘야, 이 아비 부탁이다. 한 번만 더 가렴. 어떻게든 수가 생기지 않겠느냐."

"안 가고 싶다고요. 나는 아버지 자식이잖아요. 거길 자꾸 들락거리면, 내가 누군지 알게 될 거고, 그러다 보면 나까지 총살시킬 거라고요. 그러니 이쯤에서 그만두는 게 낫겠어요."

"얘야, 어서 가 다오. 어서 가서 나를 불쌍하게 여겨 달라고, 그 말만 좀 해 주렴."

그의 아들이 이를 악물며 도리질을 쳤다.

"못 갑니다."

아들은 그렇게 말하고도 한동안 설레설레 고개를 저었다.

"얘야, 하사한테 가서, 네가 직접 대령을 만나겠다고 부탁해라. 그래서 대령을 만나게 되면 난 이미 늙었다고 얘기해 다오. 아무짝에도 쓸모없다고. 나를 죽여서 뭐가 나오겠느냐고. 아무것도, 아무것도 없다고. 필시 그자에게도 영혼은 있을 게 다. 자기 영혼을 구제하기 위해서라도 그렇게 해 달라고 말해 보렴."

아들이 앉아 있던 돌무더기에서 일어나 축사 문 쪽으로 걸어갔다. 그리고 문을 나서기 직전에 몸을 돌렸다.

"좋습니다. 다시 가 볼게요. 하지만 일이 잘못돼서 나까지 죽으면, 내 처자식은 누가 돌봐 준단 말입니까?"

"하늘이 있지 않느냐. 하늘이 다 알아서 해 줄 게다. 그러니 넌 그자들한테 가서 이 아비를 위해 어떻게 할 것인지, 그걸 궁리해 다오. 얘야, 서둘러야 해. 더 늦기 전에."

*

그들은 이른 새벽에 그를 데려다 놓았다. 그는 축사 기둥에 묶인 채 날이 새기를 기다렸다. 불안한 마음을 진정시킬 수 없었다. 잠시라도 안정을 취하려고 잠을 청했지만 허사였다. 배가 고픈 줄도 몰랐다. 오로지 살고 싶다는 생각뿐이었다. 그들이 자기를 죽일 거라는 생각이 확연해질수록 죽기 직전 가까스로 목숨을 건진 사람마냥 오히려 삶에 대한 애착이 더 강해졌다.

그렇게 오래되고, 그렇게 케케묵은, 그러다가 그렇게 묻혔을 거라고 믿었던 일이 다시 불거질 줄 누가 알았단 말인가. 루뻬를 죽일 수밖에 없었던 일 말이다. 그러나 그 일은 알리마 사람들이 생각했던 것과 달리 더도 덜도 아닌 분명한 이유가 있었다. 노인의 기억은 지난날로 거슬러 올라가기 시작했다.

루뻬 떼레로스 씨는 뿌에르따데뻬에드라[31] 농장의 주인이기에 앞서 그의 대부였다. 그가, 그러니까 후벤시오 나바가 그런 루뻬를 죽일 수밖에 없었던 것은 명색이 농장 주인이자 대부란 자가 짐승들이 풀 뜯는 것을 허락하지 않은 탓이었다.

처음에는 남의 땅이라서 꾹 참았다. 그러나 가뭄이 들어서 배고픔을 견디다 못한 짐승들이 하나둘 죽어 나가는데도 루뻬는 모른 체했다. 날이면 날마다 풀 냄새를 맡고 목초지 주변에서 어슬렁거리는 짐승들을 막았다. 보다 못한 후벤시오가 울타리를 부수고 짐승들을 들여보내자, 루뻬는 사람들을 시켜 울타리를 틀어막았다. 그때부터 낮이면 부수고, 밤이면 막는 일이 계속되었다.

---

31) '석문(石門)'이라는 뜻의 에스파냐어.

두 사람은 어떤 합의점을 찾지 못한 채 실랑이를 벌였다.

하루는 루뻬가 씩씩거렸다.

"이봐, 후벤시오. 내 목장에 그놈들을 한 번만 더 들여놓으면, 다 죽여 버리겠어."

후벤시오 역시 참지 못했다.

"이보세요, 루뻬 씨. 짐승들이 제 발로 걸어 들어가는 건 내 탓이 아닙니다. 짐승들은 죄가 없고요. 그러니 죽이든 살리든 알아서 하시오."

*

'끝내 내 송아지를 죽이고 만 거야.

그때가 삼십오 년 전, 3월이었지. 왜냐하면 4월에는 이미 내가 소환 명령을 피해 산속으로 도망 다니는 신세였으니까. 재판관에게 암소 열 마리를 건넨 것도, 유치장을 나오려고 살던 집까지 차압당한 것도 아무 소용 없었어. 나를 추적하지 않는다는 조건으로 남은 세간마저 내주었지만, 그들은 나를 가만히 놔두지 않았어. 결국 나는 아들을 데리고 손바닥만 한 땅뙈기가 남아 있던 빨로데베나도로 피신했지. 거기서 자란 아들은 이그나시오를 만나 결혼했고, 여덟 명이나 되는 손자를 안겨 주었어. 그렇게 세월이 흘러갔듯, 그 일도 그렇게 묻히는 게 당연할 터인데, 이제 와서 이렇게 불거지다니.

나는 100뻬소 정도면 모든 일이 해결될 것으로 믿었어. 당시 루뻬한테는 자기 아내와 아직 걷지도 못하는 어린애들 둘

뿌이었으니까. 게다가 슬픔을 견디지 못한 그의 아내는 남편 뒤를 따랐고, 어린 자식들은 멀리 사는 친척에게 맡겨졌으니, 그 문제에 대해선 두려울 게 없었어.

그러나 세상은 달랐어. 그들은 내가 소환장을 받은 상태로, 기소중지된 신분으로 돌아다니게끔 손을 썼던 거야. 나를 겁줘서 이것저것 뜯어내려고 말이지. 그들은 마을에 낯선 자만 나타나도 나를 찾았어.

"후벤시오. 외지인들이 돌아다니더군."

그때마나 나는 산으로 튀었지. 산매자나무 사이에 숨어 쇠비름을 씹으며 며칠이고 밤을 샜어. 어떤 때는 한밤중에도 마치 개들에게 쫓기듯 도망쳐야 했어. 참으로 힘든 세월이었어. 한두 해도 아니고 평생을 말이지.'

사실 그는 그들이 들이닥치기 전만 해도 자기를 찾아올 자는 없다고 생각했다. 다들 그 사건을 까맣게 잊었을 거라고, 그래서 여생은 차분하게 보낼 것으로 믿었다. '적어도 말년에는 평안을 구하겠지. 그땐 나를 편히 놔줄 테니까.'

그는 그 희망에 모든 것을 걸고 견뎠다. 따라서 그런 식의 죽음을 상상한다는 것은 힘든 일이었다. 혹시 누가 들이닥치지 않는지 이곳저곳 전전하며 인생의 호시절을 무심하게 흘려 보냈는데, 남의 눈에 띄지 않으려고 꼭꼭 숨어 지내던 불행한 날로 무두질된 몸에는 쭈글쭈글한 살가죽밖에 남지 않았는데, 이제 와서 졸지에 죽어야 한다니.

혹시 그는 자기 아내가 떠나도 자신의 희망을 포기하지 않았을까? 그날, 그러니까 아내가 떠났다는 소식과 함께 아침을 맞이했던 날, 그의 머릿속에는 아내를 찾으러 나가겠다는 생각조차 들지 않았다. 그는 아내가 어디로 갔는지, 누구와 함께 사라졌는지 알아보는 것을 포기했고, 그래서 마을에도 내려가지 않았다. 손을 쓸 생각은 아예 없었다. 모든 게 그의 곁을 떠났듯 내버려 두었다. 그가 신경 써야 할 유일한 것은 목숨이었고, 목숨만큼은 무슨 수를 쓰더라도 지켜야 할 것이었다. 그러기에 그는 그들이 자신을 죽이도록 내버려 둘 수가 없었다. 그럴 수 없었다. 이제 와선 더더욱 그럴 수 없었다.

그러나 그들은 그런 그를 그가 숨어 지내던 빨로데베나도에서 데려왔다. 수갑을 채울 필요조차 없었다. 그는 스스로의 두려움에 묶인 채 걷고 있었다. 그들은 그가 그렇게 노쇠한 몸으로는, 죽음에 대한 두려움으로 경련을 일으키는 깡마른 다리로는 도망치지 못한다는 것을 잘 알고 있었다. 그래서 가는 거요. 그들은 그에게 그렇게 말했다. 죽으러 가는 겁니다.

그는 그들의 말을 듣고 자신의 죽음을 알았다. 그리고 그때부터는 죽음이 가까워지는 것을 볼 때마다, 그리하여 그의 눈에 조바심이 묻어 나올 때마다 속이 답답해지던, 어쩔 수 없이 삼켜야 하는 쓴 물이 입안에 가득 고이던 느낌이 들기 시작했다. 머릿속이 멍해지고 심장이 벌렁거리면서 다리가 천근만근 무거워졌다. 그러나 그 와중에도 그들이 자신을 죽일 거라는 생각만큼은 절대로 받아들이지 못했다.

그는 어떤 희망이라도 찾아야 했다. 아직 어딘가에는 그 희망이 남아 있을 것 같았다. 아마도 그들이 착각한 것 같았다. 어쩌면 그들이 찾는 자는 그가 아닌, 그러니까 후벤시오 나바가 아닌 다른 후벤시오 나바일지도 몰랐다.

그는 말 한마디 없는 그들 사이에서 양팔을 축 늘어뜨린 채 걸었다. 별 하나 없는 어두운 새벽이었다. 나긋한 바람이, 길바닥 흙먼지에 담긴 지린내 같은 냄새를 머금은 바람이 마른 흙을 싣고 갔다가 더 많은 흙을 실어 나르고 있었다.

그의 눈은, 세월의 흐름에 눈가에 주름살이 퀭하게 팬 그의 눈은 어둠 속에서도 발밑의 흙에 고정되어 있었다. 그의 삶은 그 흙에 있었다. 그는 육십 평생을 자신의 손으로 그 흙을 움켜쥐면서, 마치 고기를 맛보듯 그 흙냄새를 맡으면서 살았던 것이다. 그는 그 흙을 자신의 눈으로 잘게 바수면서, 그렇게 바순 흙을 마치 마지막처럼 음미하면서, 그게 마지막이라는 것을 알면서 걸음을 떼고 있었다.

그는 마치 할 말이 있는 사람처럼 양옆에서 묵묵히 걷고 있는 그들을 쳐다보았다. 그들에게 자신을 풀어 달라고, 그래서 자신이 돌아갈 수 있도록 해 달라고 얘기할 참이었다. "어이, 젊은이들, 난 아무도 해치지 않았어." 그러나 차마 입술이 떨어지지 않았다. '아냐, 조금만 더 가서 얘기하는 게 낫겠어.' 그렇게 생각하며 그들을 쳐다보았다. 어쩌면 그들이 친구일지도 모른다는 생각이 들기도 했지만, 그렇다고 그렇게 말하고 싶지도 않았다. 그들은 친구가 아니었다. 아니, 그는 그들이 누구인지조차 몰랐다. 그는 길이 어디로 나 있는지를 살펴보기 위해 간간이 고개를 숙이거나 좌우를 둘러보는 그들을 그냥 쳐다보기만 했다.

그가 그들을 처음 본 것은 서편 하늘에 물든 갈색 노을에 온 대지가 빛바랜 것처럼 보이는 저녁 어스름이었다. 그들은 여린 옥수수를 함부로 짓밟으면서 거침없이 밭고랑을 가로질렀다. 그들을 지켜보던 그가 밭고랑으로 내려섰다. 그들에게 주의를 줄 요량이었다. 그러나 그들은 걸음을 멈추지 않았다.

사실 그는 제때에 그들을 보았다. 그에게는 언제나 제때에 모든 것을 먼저 보는 운이 따랐다. 덕분에 그때마다 재빨리 몸을 숨겼고, 몇 시간이고 언덕을 걷다가 그들이 떠나면 내려왔다. 게다가 여린 옥수수는 어떤 식으로든 제대로 자라지 못했을 것이다. 이미 우기에 접어들었지만, 비가 오지 않아서 옥수수 밭은 이미 타들어 가고, 머잖아 모든 것이 말라 죽을 참이었다.

따라서 그가 그들을 제지하려고 옥수수 밭에 내려선 것은 부질없는 짓이었다. 다시는 돌아 나올 수 없는 구멍으로 들어가 버린 셈이었다.

그는 그들에게 자신을 풀어 달라고 얘기하고 싶었지만 꾹 참았다. 그들의 얼굴은 보이지 않았다. 그의 눈에 보이는 것은 곁에서 붙었다가 떨어지기를 반복하는 그들의 검은 형체였다. 그래서 그가 이런 말을 했을 때, 그는 그들이 자기 말을 들었는지 알 수가 없었다.

"나는 남을 해친 적이 없소." 그러나 반응이 없었다. 검은 형체들은 그의 말을 알아듣지 못한 것 같았다. 어떤 얼굴도 그를 향해 고개를 돌리지 않았다. 마치 잠이 든 채 걷는 사람들처럼 걷기만 했다.

그제야 그는 그들에게 더 이상은 할 말이 없다고, 다른 기회를 찾아야 한다고 생각했다. 그의 어깨가 다시 축 처졌다. 그는 깜깜한 밤의 어둠 속에서 형체만 드러나는 네 명의 사내 사이에 끼인 채 마을 어귀로 들어섰다.

\*

"대령님, 그자를 데려왔습니다."

그들이 비좁은 문 앞에서 부동자세를 취했다. 그는 누군가가 나오기를 기다리며 모자를 손에 들고 예를 갖추었다. 그러나 문밖으로 나온 것은 사람이 아니라 목소리였다.

"그자라니?"

"대령님이 데려오라고 지시하셨던 빨로데베나도 사람입니다."

"전에 알리마에 살았던 적이 있는지 물어보도록." 얼굴 없는 목소리가 말했다.

"이봐, 알리마에서 살았던 적이 있나?" 문 앞의 하사가 그 말을 반복했다.

"그렇소. 대령님에게 거기 출신이라고 말씀해 주시오. 얼마 전까지 거기서 살았다고."

"과달루뻬 떼레로스를 아느냐고 물어보도록."

"과달루뻬 떼레로스를 알고 있나?"

"루뻬 씨요? 안다고 하시오. 하지만 그 양반은 이미 죽었소."

그러자 안에서 흘러나오는 목소리의 음색이 바뀌었다.

"그 양반이 죽었다는 건 나도 잘 알고 있지." 그리고 그때부터 갈대 벽 안쪽에서 목소리가 누군가와 대화를 나누는 것 같은 말이 계속되었다.

"과달루뻬 떼레로스는 내 아버지였어. 훗날 내가 커서 그분을 찾았더니 이미 죽었다더군. 인간이 뿌리를 내리기 위해 붙잡을 수 있는 어떤 게 죽었다는 사실을 알면서 자란다는 것은 참으로 힘든 일이지. 그런데 그런 일이 우리한테 생긴 거야.

나는 나중에야 모든 사실을 알게 되었지. 누군가가 밀림용 낫칼로 난도질하고, 그것도 부족해서 소몰이용 작대기를 배에 쑤셔 박은 거야. 실종된 지 이틀 만에 실개천에서 발견되었는데, 그때까지 살아 있었고, 마지막 숨을 가누면서 당신의 가족을 꼭 보살펴 달라고 당부했다더군.

물론 그분의 죽음이야 세월과 함께 잊힌 것처럼 보이겠지. 누구든 과거는 잊으려고 하니까. 하지만 잊히지 않은 게 있으니, 그런 짓을 저지른 자가 버젓이 살아 있다는 거야. 영생이라는 환영으로 썩은 영혼을 살찌우면서 말이지. 그건 용서할 수 없는 일이야. 나는 그자가 누군지는 몰라. 하지만 내가 그자가 있는 곳에 배치되었다는 사실이 내 손으로 끝장내야 한다는 용기를 주는군. 난 그자가 계속해서 살아가는 것을 용서할 수 없어. 그자는 애당초 태어나지 말았어야 했어."

어느덧 그 목소리가 안에서도, 바깥에서도 또렷하게 들렸다. 이어 그 목소리가 지시를 내렸다.

"그자를 데리고 가서, 죽음의 고통을 느끼도록 한참을 묶어 두었다가 총살시키도록!"

"대령님, 날 좀 보시오!" 그가 애원했다. "난 아무짝에도 쓸모없는 놈이오. 이렇게 허리까지 굽었으니, 나 혼자 쓸쓸하게 죽을 날이 머지않았소. 그러니 제발 나를……."

"뭣들 하고 있나!"

"……대령님! 난 이미 죗값을 치렀다오. 모든 걸 다 빼앗겼소. 다들 나를 별의별 방법으로 처벌했으니까. 나는 거의 사십 년을, 행여 누가 나를 죽일까 봐 몹쓸 병에 걸린 사람처럼 숨어 지냈소. 대령님, 난 죽을 가치도 없는 놈이오. 그러니 하느님이 날 용서할 수 있도록 해 주시오. 날 죽이지 마시오. 부하들에게 제발 날 죽이지 말라고 하시오!"

그는 그렇게, 마치 그들이 그를 패기라도 한 것처럼 손에 든 모자를 바닥에 내리치며 절규했다.

안쪽에서 다시 단호한 목소리가 흘러나왔다.

"꽁꽁 묶은 다음에 술을 주도록. 술에 취해서 총알이 아픈 줄을 느끼지 못할 만큼 실컷 말이지!"

*

모든 게 끝났다. 그는 나무 기둥 밑에 처박혀 있었다. 그 곁에는 이미 수차례나 그곳에 다녀갔던 아들 후스띠노가 와 있었다.

아들은 그의 주검을 나귀에 실었다. 주검이 땅바닥에 떨어지지 않도록 안장에 단단히 묶었다. 남의 이목을 생각해서 머리는 자루 속에 넣었다. 그러고는 나귀의 엉덩이를 때리며 길을 재촉했다. 빈소를 차리려면 해가 지기 전에 빨로데베나도에 도착해야 했다.

"며느리와 손자들이 보고 싶어 할 겁니다." 길을 가는 도중에 아들이 혼잣말로 중얼거렸다. "하지만 아버지 얼굴을 보면, 다들 딴사람이라고 생각하겠지요. 총알 세례에 아버지 얼굴이 이상하게 변했거든요. 흡사 코요테에게 물어뜯긴 것 같다고요."

# 루비나

　남쪽의 높은 언덕들 중에서 루비나 언덕은 가장 높고 가장 돌이 많다. 지천에 깔린 돌은 석회를 만들지만, 루비나에서는 석회는 고사하고 어떤 용도로도 쓰지 않는다. 사람들은 그 돌을 원석(原石)이라 하며, 루비나를 향해 올라가는 비탈길을 '원석 고개'라는 이름으로 부른다. 그 돌은 바람과 햇빛에 씻겨 잘게 바스러지는데, 그러다 보니 그 일대는 항상 새하얗고 새벽이슬처럼 빛난다. 그런데 말이 그렇다는 것이지 사실 그곳은 대낮에도 밤처럼 으스스하고 이슬이 땅에 내려앉기도 전에 얼어붙는다.

　……그 일대는 깎아지른 듯한 형세이다. 가파른 절벽은 사방으로 갈라지고 까마득하게 깊어서 밑바닥이 보이지 않는다. 사람들은 그 절벽으로 꿈들이 타고 오른다고들 하는데, 정작 내가 본 것은 마치 물갈대 대롱에서 빠져나오듯 격렬한

회오리를 일으키며 솟아오르던 바람뿐이다. 그 바람은 어디든 흙만 있으면 온몸으로 달라붙어 용케 뿌리를 내리는 우울한 둘까마라[32]가 자라나는 것을 그냥 놔두지 않는다. 응달진 바위틈으로 종종 치깔로떼[33]가 하얀 꽃을 피우지만 금방 시들고 만다. 역시 바람 탓이다. 그럴 때면 마치 숫돌에 칼을 가는 것 같은, 날카로운 가시 줄기로 허공을 긋는 바람 소리를 듣게 된다.

"이제 당신도 루비나 위로 불어 대는 바람을 보게 될 거요. 사람들은 그 바람이 화산재를 몰고 온다고 해서 황갈색 바람이라고들 하지만, 분명한 건 검은색 바람이오. 이제 당신도 보게 될 거요. 흡사 무엇인가를 물어뜯듯 루비나에 들이닥쳐 밀짚모자 벗기듯 마을의 지붕을 죄다 걷어 내고 벽만 휑하게 남겨 두는 그 바람을. 그리고 손톱이 달렸는지 밤낮없이 시도 때도 없이 마구 할퀴어 대는데, 벽을 긁거나 문 밑에서 쟁기로 흙을 걷어 내는 소리를 듣다 보면, 나중에는 그 바람이 뼈로 만든 경첩을 뜯어내려고 온 몸속을 휘젓고 돌아다니는 기분이 들 거요. 그걸 이제 당신도 보게 되겠지."

말을 하던 사내가 밖을 내다보았다.

거대한 까미친나무[34] 가지 사이로 강물이 불어나는 소리가, 편도 나무 잎사귀를 살랑대는 바람 소리와, 가게의 불빛을 받으며 조그만 공터에서 뛰어노는 아이들의 외침 소리가 들려

---

32) '비터스위트'로 알려진 식물.
33) '가시양귀비'라는 이름의 멕시코 자생 식물.
34) 주로 멕시코에 자생하는 나무로, 거대한 몸통에 가지와 잎이 울창하다.

오고 있었다. 석유 등잔을 향해 달려드는 하루살이들이 날개가 탄 채 바닥으로 떨어지고 있었다.

밤이 깊어 가고 있었다.

"이봐, 까밀로! 여기 맥주 두 병 더 주게!" 사내가 주문을 하고는 끊겼던 말을 다시 이어 나갔다.

"그것만이 아니오. 루비나에서는 파란 하늘을 절대 못 볼 거요. 흐릿하게 펼쳐진 능선들이 사시사철 걷히지 않는 뜨거운 막을 드리우고 있거든. 또한 언덕은 나무 한 그루 없이 온통 흴빗은 상내고, 푸른색이라곤 눈을 씻고 봐도 찾을 수 없는데, 그건 뜨거운 재로 뒤덮여 있기 때문이오. 당신은 보게 될 거요. 거기 언덕들이 하나같이 죽은 것마냥 생기가 없고, 그중에서 가장 높은 루비나 언덕은 흡사 죽음의 왕관 같은 하얀 농가들로 덮여 있다는 걸."

아이들 떠드는 소리가 가게 안까지 들려왔다. 그 소리에 사내가 다시 몸을 일으키고는 문 앞으로 나가 소리를 질렀다. "저쪽으로 가서 놀지 못해? 시끄럽단 말이야! 그래도 놀고 싶거든, 제발 난리 법석만 피우지 말아 다오."

그러고는 다시 제자리로 돌아와 탁자 앞에 앉았다.

"글쎄, 내가 말한 그대로라고. 거긴 비가 오지 않아요. 물론 해마다 중반쯤이면 지축을 뒤흔들고 땅거죽을 뒤집어 놓는 폭풍우가 몰려와 편평한 땅을 자갈밭으로 만들어 놓긴 하지. 그럴 때면 구름의 움직임을 볼 만한데, 흡사 방광이 부풀어 올라 어쩔 줄 모르고 쩔쩔매듯 이 언덕에서 저 언덕으로 옮겨 다니거든. 이리 튕기고 저리 때리다가 벼랑 끝에서 파열하는 뇌

전(雷電)처럼 말이지. 하지만 비는 그게 전부요. 열흘 남짓, 그것을 끝으로 이듬해까지 다시 오지 않아요. 아니, 어떤 때는 기약조차 없어요. 몇 년이 지나도록.

……글쎄, 비가 안 온다니까. 어쩌다 오긴 오는데, 안 오는 거나 마찬가지다, 그거요. 그래서 흙이랍시고 낡은 가죽처럼 바싹 말라 쩍쩍 갈라진 데다, 거기서 '여물죽에 쓰는 짚'이라고 불리는 게 잔뜩 섞여 뾰족한 돌멩이처럼 딱딱하게 굳어 있고, 그래서 길을 걷다 보면 발바닥을 쿡쿡 찌르는 게 마치 땅에서 가시가 돋아난 것 같아요. 진짜 그렇다니까."

그 대목에서 사내가 맥주를 거품만 남긴 채 쭉 마신 다음, 다시 이야기를 이어 갔다.

"사방을 둘러봐도 루비나는 참으로 슬픈 곳이오. 당신도 거기 가면 알게 될 거요. 거기에는 슬픔이 터전을 잡고 있다고, 나는 그렇게 말할 수 있소. 다들 얼굴에다 판때기를 붙인 것처럼 도통 웃을 줄을 몰라요. 당신도 아무 때나 마음만 먹으면 그들의 슬픔을 보게 될 거요. 그곳엔 바람이 슬픔을 휘젓긴 하지만 다른 데로 데려가진 않아요. 슬픔이 마치 거기서 태어난 것처럼 말이오. 거기선 심지어 슬픔을 맛보고, 느낄 수도 있소. 왜냐하면 바람이 누군가를 덮치고, 누군가를 억누르고, 마치 살아 있는 자의 심장을 찜질하듯 꾹꾹 짓누르고 있거든.

……거기 사람들은 그렇게 말해요. 보름달이 뜨면, 검은 모포를 질질 끌면서 루비나 거리를 돌아다니는 바람을 보게 된다고. 그러나 루비나에 달이 떴을 때, 내가 봤던 것은 비탄에 잠긴 이미지뿐……. 항상 말이지.

그 맥주 어서 드시오. 가만 보니 입도 대지 않았군. 텁텁한 걸 좋아하지 않나 본데, 여긴 다른 건 없어요. 물론 당나귀 오줌처럼 영 맛이 없다는 거, 나도 알고 있소. 그래도 여기선 익숙해지거든. 하지만 맹세코 거긴 이런 것마저도 구할 수 없어요. 루비나에 가게 되면 그리워질 거요. 거긴 '오하세'라는 풀로 담근, 입술만 갖다 대도 골을 때리고 비틀거리게 만드는 '메스깔'[35] 말고는 구경조차 못 할 테니까. 그러니 그 맥주를 마시는 게 나을 거요. 난 지금 내가 무슨 말을 하고 있는지 잘 알고 있소."

강물 흐르는 소리가 들려오고 있었다. 바람 소리. 뛰어 노는 아이들 소리. 밤이 깊은데 아직은 초저녁 같았다.

사내가 다시 가게 문까지 나갔다가 돌아왔다.

다시 입을 열었다.

"순전히 과거의 기억에서 끄집어낸 일들을 안다는 것은 쉽지요. 여긴 그곳과는 전혀 비슷한 게 없지만 말이오. 나는 내가 아는 걸, 그러니까 루비나에 관한 걸 얼마든지 더 얘기할 수 있소. 거기서 살았으니까. 거기서 인생을 보냈으니까……. 나는 한 보따리 꿈을 안고 그곳에 갔지만, 보다시피 이렇게 나이가 다 돼서 돌아왔소. 그런데 그런 그곳을 당신이 간다고 하니……. 그건 그렇고 내 처음 그곳에 갔던 때가 생각나는 것 같군. 당신 입장이 되다 보니……. 그러니까, 맨 처음 루비나에 도착했을 때…… 가만, 그 얘기를 시작하기 전에 그 맥주,

35) 용설란이나 선인장으로 빚은 술.

내가 마셔도 되겠소? 당신은 별로 안 당기나 본데, 나한테는 큰 힘이 돼요. 기운이 나거든. 녹나무 기름으로 머릿속을 헹궈 내듯……. 자, 그럼 내가 루비나에 처음 도착했을 때로 가 봅시다. 마부가 우리를 내려놓더니, 짐승들한테 쉴 참도 주지 않고 바로 발길을 돌립디다."

"자, 난 돌아갑니다." 마부가 말했다.

"잠깐만요. 짐승들도 좀 쉬어야 하지 않을까요? 아주 지쳐 보이잖아요."

"여긴 진절머리가 나는 곳이오. 난 돌아가겠소."

마부가 떠났다. 마부가 짐승들을 채근하면서 다급하게 '원석 고개' 비탈길을 내려가는데, 그 모습이 흡사 악마의 소굴을 부랴부랴 빠져나가는 것 같았다.

우리 다섯 식구는, 그러니까 내 아내와 어린 자식들 셋은 거기, 광장 한복판에서 살림살이를 품에 안은 채 우두커니 서 있었다. 귀에 들리는 것이라곤 바람 소리뿐인데…….

광장에는 바람이 머물 만한 풀 한 포기 보이지 않았다. 우리 가족뿐이었다.

그래서 내가 물었다.

"아그리피나, 대체 여기가 어디야?"

아내가 대답 대신 어깨를 흠칫 추켜올렸다.

"알았어." 내가 말했다. "괜찮다면 당신이 오늘 밤 우리가 먹고 잘 만한 곳을 찾아보도록 해. 난 애들을 데리고 여기 있을 테니까."

아내는 막내 아이를 데리고 갔다. 그러나 돌아오지 않았다.

이윽고 해가 산등성이를 넘어가면서 날이 어둑해지자, 나는 아이들을 데리고 아내를 찾아 나섰다. 한참을 헤매며 루비나의 거리와 골목을 돌아다녔다. 내가 아내를 만난 곳은 조그만 예배당이었다. 아내는 어린애를 무릎 위에 재운 채 호젓한 예배당 한복판에 앉아 있었다.

"여보, 여기서 뭘 하는 거야."

"기도하러 왔어요." 아내가 대답했다.

"뭐 때문에?"

아내는 대답 대신 어깨를 흠칫 추켜올렸다.

그곳은 기도를 하는 예배당이 아니었다. 움막이었다. 문이 없었다. 아니, 구멍 몇 개가 문을 대신하고, 지붕은 마치 공기를 거르는 체처럼 숭숭 뚫려 있었다.

"여관은?" 내가 물었다.

"여관은 없어요." 아내가 대답했다.

"음식점은?"

"음식점도 없어요."

"누구 못 봤어? 여기 사는 사람들 못 봤냐고?"

"봤어요, 저 앞에⋯⋯. 저기 여자들이 있잖아요. 봐요, 저 문틈새로 우릴 지켜보는 눈동자들이 빛나잖아요⋯⋯. 저쪽에서 우릴 쭉 지켜보고 있었어요⋯⋯. 저길 보라니까요. 나는 반짝이는 눈동자도 보이는데⋯⋯. 하지만 여긴 우리한테 내줄 음식이 없대요. 얼굴도 안 내밀고 그러더라고요. 이 마을에는 먹을 게 없다고⋯⋯. 그래서 하는 수 없이 여기로 들어온 거예요. 하느님에게 먹을 것을 달라고."

"그럼 어서 돌아왔어야지. 나는 그것도 모른 채 여태 당신을 기다렸잖아."

"난 기도하러 온 거예요. 아직 안 끝났어요."

"여보, 대체 여긴 어디야?"

그러나 아내는 다시 어깨만 흠칫 추켜올렸다.

그날 밤에 우리는 예배당 구석에 자리를 잡고 잠을 청했다. 허물어진 제단 뒤쪽이었다. 바깥보다는 덜했지만 세찬 바람이 들이닥쳤다. 우리는 밤새 신음 소리를 내며 문구멍 사이로 들락거리는 바람 소리를 들었다. 바람이 철사로 묶어 사방에 걸어 놓은, 메스끼떼나무로 만든 크고 딱딱한 십자가들을 때려 댈 때마다 마치 어긋난 이가 서로 부딪치는 것 같은 소리가 났다.

아내는 무서워서 울어 대는 아이들을 끌어안고 다독였다. 나로서는 무엇을 어떻게 해야 할지 암담하기만 했다.

동이 트기 직전에 바람이 잔잔해졌다가 다시 불었다. 그러나 그 잠깐 사이에 마치 땅과 한 몸이 된 하늘이 자신의 무게로 내리누르는 것 같은 정적이 흐르면서 모든 게 차분해졌다. 밤새 무서워 울다가 지쳐 잠든 아이들의 숨소리가 들렸다. 그때 내 곁에서 코를 골던 아내가 속삭였다.

"뭐예요?"

"뭐라니, 뭘? 내가 반문했다.

"저거요, 저 소리요."

"뭐긴, 정적에 잠긴 소리지. 이제 곧 날이 샐 테니, 잠깐이나마 눈을 붙이도록 해."

그러나 나도 그 소리를 들었다. 아주 가까이, 어둠 속에서 박쥐들이 날개를 퍼덕이는 소리 같았다. 커다란 날개가 바닥을 스치는 것 같았다. 나는 몸을 일으켰다. 그 소리가 더 커졌다. 화들짝 놀란 박쥐들이 문구멍을 향해 날아가는 것 같았다. 나는 정적에 잠긴 소리를 좇아 발끝으로 걸어갔다. 그때였다. 나는 문 앞에서 그들을 보았다. 루비나의 여자들을. 깜깜한 어둠 속에서 검은 옷을 입은 채 베일로 얼굴을 가리고 어깨에 항아리를 얹은 채 걸어가고 있었다.

"무슨 일입니까?" 내가 물었다. "이 시간에 무엇을 찾고 있는 거요?"

한 여자가 대답했다.

"물 길러 가는 거예요."

나는 내 앞에서 나를 바라보며 서 있는 여자들을 쳐다보았다. 그들이 다시 걷기 시작했다. 어깨에 항아리를 얹고서 저 아랫길로 걸어 내려가는 그들의 모습이 흡사 검은 그림자 같았다.

나는 루비나에서 겪었던 첫날밤을 결코 잊을 수 없을 것이다.

"……이봐요, 이래도 내가 한 잔 더 마셔야 한다고 생각하지 않소? 그래 봤자 나한테는 씁쓸한 기억을 지우는 것밖에 안 되겠지만."

*

"당신은 내가 루비나에서 몇 년이나 살았는지 물었던 것 같은데, 안 그렇소……? 사실은 나도 모른다오. 열병에 걸려 정신이 혼미해진 뒤로 시간관념을 잃었거든. 하지만 내가 거기서 오랫동안 살았다는 것만큼은 분명해요. 영원 같은 시간이랄까……. 거긴 시간이 무척이나 길지요. 어느 누구도 시간을 재지 않고, 심지어 자기가 몇 해를 보냈는지, 그것조차 세지 않아요. 해는 그냥 그렇게 떴다가 그냥 그렇게 지는 거요. 그러다가 밤이 찾아오고. 죽는 날까지 낮과 밤밖에 없으니, 죽음이 그들한테는 희망인 셈이지요.

당신은 내가 똑같은 기억을 빙빙 돌린다고 생각할 거요. 하긴 그렇기도 하겠지……. 거기선 노인네들이 하루 종일 문지방에 걸터앉은 채 해가 뜨고 지는 것을 지켜보는데, 고개를 들고 내리다가 힘이 빠지면 그때서야 모든 게 차분해져요. 시간을 잊고 사는, 마치 영원을 사는 것처럼 말이오. 거기 노인네들은 다 그래요.

루비나에는 노인네들과 아직 태어나지 않은 생명들만 살고 있소. 물론 아낙네들도 살지만 하나같이 뼈만 앙상하고 기력이 없어요. 태어난 아이들은 훌쩍 떠나고……. 거기 아이들은 동이 트자마자 어른이 되는 거요. 누가 그러더군. 자식들이 곡괭이질 할 나이가 되면 어미 품을 떠난다고, 다들 그렇게 루비나를 떠난다고. 거긴 그런 곳이오.

거기 남은 것은 노인네들과 혼자 사는 아낙네들이 다요. 물론 남편을 둔 아낙네가 없지 않지만, 남편이랍시고 하느님도 모르는 곳을 떠돌고 있으니…… 어떤 때는 남편이란 자가 폭풍우가 찾아오듯 마을에 불쑥 나타나기도 하는데, 그럴 때면 마을은 온통 어떤 속삭임으로 가득 차게 돼요. 그들이 떠날 때 짐승 울음으로 가득 차듯…… 여하튼 그때마다 그들은 노인네에게 양식 자루를, 아낙네 배 속에 자식을 남기는데, 그들이 이듬해에 다시 돌아올지, 그건 아무도 몰라요. 어떤 때는 영영 돌아오지 않기도 하고…… 그건 거기 관습이오. 그걸 거기선 법이라고 하는데, 관습이든 법이든 사실은 그게 그거요. 자식들은 자기 부모가 부모의 부모에게 그렇게 했는지, 대체 언제부터 그 법을 지켰는지 알 턱이 없지만 자기 부모를 위해 평생 일하고 사는데…….

아무튼 그 와중에 노인네들은 자식들을 기다리고, 죽음을 기다리지요. 문지방에 걸터앉아 양팔을 축 늘어뜨린 채 자식들의 호의를 은총으로 여기면서…… 홀로 쓸쓸하게, 루비나의 고독 속에서."

하루는 내가, 이곳을 떠나 더 나은 땅을 찾아가라고 그들을 설득했다. "자, 여기를 떠납시다! 어딘가에는 우리가 정착할 만한 방도가 있을 겁니다. 정부도 우리를 도와줄 거고요"

그들은 저 깊은 동공 속에서 번득이는 눈빛으로 나를 쳐다보며 눈 하나 깜빡이지 않았다.

"선생, 방금 정부가 우리를 도와줄 거라고 했소? 선생은 우리 정부가 어떤 정부인지 알고서 그런 얘기를 하는 거요?"

나는 안다고 대답했다.

“우리도 그건 알고 있소. 우연히도 말이오. 우리가 모르는 건 정부의 모체가 뭐냐, 그거요.”

나는 그것이 조국이라고 말했다. 그들은 그게 아니라면서 고개를 저었다. 그리고 웃었다. 그 웃음은 내가 처음으로 본 루비나 사람들의 웃음이었다. 그들은 자기들끼리 다투더니, 그게 아니라고, 정부는 모체가 없다고 말했다.

“그들의 말이 맞았어요. 무슨 말인지 알겠소? 그렇게 대답한 노인의 정부는 자식들 중에 누군가가 저 아랫마을에서 어떤 죄를 지었을 때만 기억하는 정부였다, 이거요. 루비나까지 쫓아와서 죄 지은 자식을 죽이는 정부 말이오. 그러니 그들에게 정부가 존재할 리 만무했던 거요.”

그들은 나에게 이렇게 말했다.

“그러니까 선생은 우리더러 배고픔을 견딜 만큼 견뎠으니, 이제 루비나를 포기하라는 거군요. 하지만 우리가 여기를 뜨면, 저 망자들은 누가 거둬 주겠소? 그들이 여기 살고 있는데, 어찌 우리가 포기할 수 있단 말이오.”

“지금도 마찬가지요. 당신도 이제 그들을 보게 될 거요. 허기를 속이려고 깡마른 메스끼떼 나무껍질을 씹으면서 침을 꿀떡꿀떡 삼키는 그들을 말이오. 그들은 담벼락에 바싹 몸을 붙인 채 바람에 질질 끌려가는 그림자처럼 살고 있소.”

“그 바람 소리가 안 들립니까?” 내가 말했다. “바람이 여러분을 끝장내고 말 겁니다.”

“어차피 견딜 것은 견디게 되어 있소.” 그들이 대답했다. “그건 하느님의 섭리요. 그런데도 바람을 포기하는 짓은 악이오. 만일 그런 일이 생기면, 저 해는 루비나와 더 가까워져 우리 몸속의 피는 물론이고, 살가죽에 남아 있는 수분마저 앗아 갈 거요. 하지만 바람은 해가 저 위에 있도록 해 주잖소. 그러니 차라리 그게 낫다, 그거요."

나는 더 이상 그들에게 아무 말도 하지 않았다. 나는 루비나를 떠났고, 다시 돌아가지 않았다. 아니, 다시 돌아갈 생각조차 없다.

"……하지만 변화무쌍한 세상을 직시하시오. 아무튼 이제 몇 시간 안에 당신은 거기로 가게 되는군요. 그리고 보니 사람들이 나한테 똑같은 말을, 그러니까 '산후안루비나[36]로 가게 되는군요.'라는 말을 한 지도 십오 년이 지났군.

그 시절만 해도 난 힘이 있었소. 생각도 참 많았고……. 그 나이엔 누구나 자기만의 생각을 품는다는 거, 당신도 알 거요. 그리고 그것들을 어디서든 구체화시키고 싶어 한다는 것도. 하지만 루비나에선 그게 마음대로 되지 않아요. 내가 그걸 해 봤지만, 실패했으니…….

산후안루비나. 그 이름이 나한테는 천국을 떠올리게 만들더군요. 그러나 거긴 연옥이오. 거긴 사람을 보고 짖어 줄, 아니 침묵을 향해 짖어 줄 개들마저 죽어 가는 곳이오. 그 사나운 바람에 겨우 익숙해졌나 하면, 귀에 들리는 것이라곤 침묵, 세상의 모든 고독에서 나오는 침묵뿐이거든. 결국 누군가를 끝장내고 마는 침묵 말이지. 자, 나를 보시오. 내가 그렇게 끝

---

36) '성 요한 루비나'라는 뜻으로, 작가가 임의로 지은 지명이다.

장난 당사자요. 이제 당신도 거길 가면 이해하겠지. 지금 내가 하는 말을…….

자, 이제 메스깔이나 주문해 볼까 하는데 당신 생각은 어떻소? 맥주는 번거로운 술이오. 자꾸 자리에서 일어나야 하고, 그때마다 대화가 끊기니 말이오. 이봐, 까밀로! 여기 메스깔 좀 가져오게!

아, 글쎄, 그러니까 내가 당신한테 말했듯이…….”

*

그러나 그는 더 이상 말이 없었다. 그의 눈길은 날개 없는 흰개미들이 마치 허물을 벗은 애벌레처럼 기어 다니는 탁자 위에 고정되어 있었다.

가게 밖으로 여전히 밤이 깊어 가는 소리가 들려오고 있었다. 까미친나무에 부딪치는 강물 소리. 이미 멀어진 아이들의 외침 소리. 가게 문틈으로 보이는 하늘에 별들이 고개를 내밀고 있었다.

흰개미를 바라보던 사내가 탁자 위에 엎드렸다. 그리고 잠이 들었다.

# 홀로 남겨진 밤

"왜 이렇게 천천히 가?" 펠리시아노 루엘라스가 앞에 가는 이들에게 물었다. "이러다가 눈 붙이긴 다 글렀군. 혹시 서둘러 도착하지 않아도 되는 거야?"

"내일 동틀 무렵에 도착할 거야." 그들이 대답했다.

그들의 대답은 그가 들은 그들의 마지막 말이었다. 그들의 마지막 말. 그러나 그들의 마지막 그 말은 그가 나중에, 그러니까 이튿날 떠올리게 될 말이었다.

그들 세 명은 지척을 분간하기 힘든 야음을 틈타 발끝을 내려다보며 걷고 있었다.

"차라리 어두운 게 나아. 우릴 못 볼 테니까." 그 말 역시 그들의 한 말이었다. 방금 전에, 아니, 간밤이었던가? 그러나 그는 그 말을 언제 들었는지 도통 기억이 나지 않았다. 그의 생각이 흐릿해지고 있었다.

오르막길에서 다시 잠이 쏟아졌다. 잠은 그의 몸에서 가장 피곤한 부위를 찾는가 싶더니 소총 더미를 짊어진 등짝 위로 쏟아졌다.

그는 반반한 평지에서와 달리 차츰 뒤처졌다. 고개가 자꾸 앞으로 꺾이고 발걸음을 떼는 속도가 더디어졌다. 함께 걷던 이들이 한참을 앞서 가는 동안에도 혼자 목을 가누느라 애를 쓰고 있었다.

올라갈수록 뒤처졌다. 가파른 길이라 걸음을 내딛을 때마다 땅이 눈높이까지 올라오는 것 같았다. 졸음에다 무거운 무기들까지 내리누르는 탓에 등짝이 휘어지는 것 같았다.

그는 차츰 멀어져 가는 공허한 발소리를 들었다. 그 소리를 언제 어디서부터 들었는지, 대체 며칠 밤이 지났는지 감이 잡히지 않았다. '막달레나에서 거기까지 하룻밤, 거기서 거기까지 또 하룻밤, 그리고 이제 하룻밤 더, 그렇게 많은 밤을 보낸 것 같지는 않는데. ― 그는 생각했다 ― 최소한 낮잠만 잤어도 이러지는 않았을 텐데. 하지만 그들은 그렇게 하지 않았어. "눈을 붙였다간 자칫 잠에 곯아떨어질 수도 있어. ― 그들이 말했다 ― 그때는 최악이야."'

"최악이라니, 대체 누구한테 최악이라는 거지?"

이제 졸음이 그로 하여금 말을 하도록 만들었다. "나는 기다려 달라고 했어. 오늘 하루만이라도 쉬자고. 내일 기운을 차리고 가뿐하게 걸어가자고, 필요하면 뛰어가자고. 그럴 수 있는 일이잖아."

그는 눈이 감긴 채 걸음을 멈추고 입을 열었다. "너무 졸려.

젠장, 서둘러서 뭘 얻겠다는 거야? 딱 하루라고. 이미 많은 것을 잃은 판국에 이럴 것까진 없잖아." 이어 소리쳤다. "대체 어디로들 간 거야?"

그리고 혼잣말로 중얼거렸다. "그래, 꺼져, 꺼지라고!"

그는 나무에 등을 기댔다. 땅에 냉기가 깔리고, 땀이 차갑게 식었다. 이것이 바로 그들이 말한 산지의 밤이었다. 저 아래 평원은 온화한데, 산지는 달랐다. 외투 자락 속으로 으스스한 냉기가 파고들었다. '이건 마치 얼어붙은 손으로 내 옷을 벗기고 살가죽을 만지는 것 같잖아.'

그는 이끼를 찾아 그 위에 앉았다. 마치 밤의 크기를 재듯 양팔을 펼치다가 나무로 에워싸인 공간을 보았다. 송진 향을 들이마셨다. 바닥에 몸을 눕혔다. 그리고 잠들었다. 온몸이 냉기에 마비되는 느낌을 받으면서.

*

새벽 냉기가 그를 깨웠다. 이슬이 촉촉했다.

눈을 떴다. 나뭇가지 사이로 보이는 청아한 하늘에 별이 총총 떠 있었다.

'어둡잖아.' 그렇게 생각하며 다시 잠이 들었다.

그는 어떤 외침과 딱딱한 땅거죽을 때리는 소리에 몸을 일으켰다. 노란빛이 지평선에 드리워져 있었다.

마부들이 지나가면서 그를 쳐다보고 인사를 건넸다. "안녕하시오!" 그러나 그는 대답하지 않았다.

그제야 간밤에 자신이 했어야 할 일이 퍼뜩 떠올랐다. 감시망을 피해서 야밤에 산을 타는 게 가장 안전한 여정이었다. 귀에 못이 박이도록 들은 말이었다.

그는 무기 더미를 등에 짊어졌다. 가던 길을 벗어나 지름길을 찾았다. 해가 떠오르던 쪽으로 방향을 잡았다. 맨땅으로 이루어진 산등성이를 가로지르며 길을 오르내렸다.

그는 마부들의 이야기를 들은 것 같았다. "저 위에서 봤잖아. 행색이 악당 같아. 무기도 많이 갖고 있고."

그는 갑자기 무기들을 버렸다. 탄띠도 풀었다. 한결 홀가분한 기분이 들었다. 앞서 내려간 마부들을 따라잡고 싶다는 듯 뛰기 시작했다.

'산꼭대기까지 올라갔다가, 빙 돌아서 내려가야' 하는 길이었다. 그는 그렇게 했다. 하느님이 역사해 주실 터였다. 시간만 달랐을 뿐 그들이 말했던 대로 했다.

벼랑이 나왔다. 그는 저 멀리 뿌옇게 보이는 대평원을 바라다보며 생각했다.

'저기 있겠군. 할 일도 없이 일광욕이나 즐기면서 말이지.'

그리고 벼랑길을 내려가기 시작했다. 온몸을 뒹굴면서, 뛰면서, 다시 뒹굴면서.

"하느님이 역사해 주시길." 그는 그렇게 말하면서 뒹굴고 또 뒹굴었다.

한편 그의 귓전에는 마부들의 이야기가 계속 들려오는 것 같았다. "안녕하시오!" 아무리 생각해도 인사를 건네는 그들의 눈이 무엇인가를 속이는 것 같았다. 그들이 정부군을 만나

면 이런 식으로 말할 게 분명했다. '저 위에서 이러저러하게 생긴 자를 만났는데, 곧 여길 지나갈 거요.'

생각이 거기까지 미치자, 온몸이 얼어붙었다.

"그리스도!" 그가 짧게 내뱉었다. 사실 "그리스도 왕 만세!"[37]라고 외칠 참이었다. 그러나 입을 다물었다. 그는 겨드랑이에서 권총을 빼내 셔츠 안쪽 허리춤에 꽂았다. 살에 닿는 금속성 감촉에 한결 든든해졌다. 그때부터 그는 발소리를 죽이며 아과사르까[38] 목장으로 다가갔다. 커다란 장작불 주위로 병사들이 모여 있었다.

그는 농장 울타리로 바짝 다가갔다. 그의 사촌들의 얼굴이 보였다. 따니스와 리브라도가 분명했다. 병사들이 장작불 주위로 빙 둘러앉아 있는데, 농장 한복판 메스끼떼나무에 두 사람이 매달려 있었다. 정신을 잃었는지 장작불 연기가 눈을 찔러도, 얼굴을 시커멓게 만들어도 모르는 모양이었다.

차마 눈 뜨고는 볼 수 없는 모습이었다. 그는 울타리를 따라 엉금엉금 기어서 구석진 곳으로 몸을 숨겼다. 속이 뒤틀렸다. 배 속에 구더기가 기어 다니는 것 같았다.

병사들의 대화 소리가 들려왔다.

"저놈들을 왜 내려놓지 않는 거지?"

"한 놈을 더 기다리는 중이야. 놈들이 세 명이라니, 그때까지 기다리는 거지. 아직 안 온 놈은 애송이인데, 그놈도 빠라

---

37) 끄리스떼로, 즉 연방정부에 반기를 들었던 사제들과 그들을 따르는 신도들끼리 주고받는 인사.
38) '연한 하늘빛 물'이라는 뜻의 에스파냐어.

하사님이 쳐 놓은 함정에 걸려들게 되어 있어. 나이도 더 많고, 더 약삭빠른 놈들도 걸려들었잖아. 대위님 말씀으로는, 오늘 내일 중에 안 오면 맨 먼저 지나가는 놈을 해치우고, 그렇게 해서 상황을 끝내겠대."

"우리가 직접 찾아 나서는 게 낫지 않겠어? 가뜩이나 따분해지는데 기분 전환도 할 겸 말이지."

"그럴 필요까진 없어. 반드시 올 테니까. 놈들은 까또르세[39] 형제들의 끄리스떼로들과 합세하기 위해 꼬만하 산으로 모여들게 돼 있거든. 헌데 이놈들이 마지막이야. 딴은 그냥 놔두는 것도 좋을 텐데. 알또스의 동료들과 한판 붙도록 말이지."

"그거 좋은 생각이군. 두고 보자고. 상황이 안 좋아서 우리가 가게 될지 말이야."

펠리시아노 루엘라스는 구석에 처박힌 채 뒤틀리는 속이 진정될 때까지 한참을 기다렸다. 그리고 마치 물속으로 잠수하는 사람처럼 숨을 깊이 들이마신 뒤에 온몸을 땅바닥에 바짝 붙이고 기다시피 걷기 시작했다.

그는 개천이 나오자마자 고개를 들었고, 그때부터는 우거진 수풀 사이를 죽자 살자 뛰기 시작했다. 뛰고 또 뛰었다. 개천이 끝나고 평원이 나올 때까지 고개 한 번 돌리지 않았다.

이윽고 그가 걸음을 멈추었다. 그리고 온몸을 바들바들 떨면서 숨을 크게 들이쉬었다.

---

39) '14'라는 뜻의 에스파냐어.

# 빠소델노르떼[40]

"아버지, 멀리 떠납니다. 그래서 이렇게 찾아왔습니다."

"떠나다니, 대체 어딜 간단 말이냐?"

"노르떼요."

"거긴 왜? 넌 여기에 사업이 없어? 양돈 일이 없느냐고?"

"있었지요. 하지만 지금은 아닙니다. 지난주에 제 가족은 아무것도 못 먹었어요. 지지난 주에는 푸성귀로 배를 채웠고요. 아버지, 배가 고픕니다. 아버지는 잘사시니까 그런 건 냄새조차 못 맡을 겁니다."

"지금 무슨 말을 하는 게냐?"

"배가 고프다는 겁니다. 아버지는 모릅니다. 아버지는 폭죽

---

40) '북쪽으로 가는 길'이라는 뜻의 에스파냐어로, 멕시코와 미국의 국경에 위치한 시우다드후아레스의 옛 이름이다.

과 딱총이며 화약을 취급하니 잘사시잖아요. 장사가 잘되면 돈이 비오듯 쏟아지고요. 하지만 그렇지 못한 사람도 있답니다. 그리고 아버지, 요즘은 돼지 키우는 사람 없어요. 키워서 잡아먹으려는 사람이 아니고선 없다고요. 물론 시장에 내놓으면 비싸게 팔겠지요. 하지만 장사할 밑천이 없어요. 아버지, 장사는 끝장입니다"

"그래, 노르떼로 가서 뭘 할 생각이냐?"

"그야 돈을 벌어야지요. 까르멜로가 부자가 된 거, 아버지도 아시잖아요. 축음기를 가져와서 음악 한 곡에 5센따보씩 받고 있어요. 단손[41]부터 슬픈 노래를 부르는 앤더슨[42]까지, 무슨 곡이든 똑같은 가격에 노래를 틀어 주며 쏠쏠하게 돈을 버는데, 그러니 다녀올 수밖에요. 그래서 떠날 겁니다."

"네 처자식은 어떻게 할 셈이냐?"

"제가 여기 온 건 바로 그 때문입니다. 아버지한테 좀 맡기려고요."

"넌 이 아비를 유모로 생각하는 거냐? 설사 네가 가더라도, 나머지 일은 하느님이 알아서 하시겠지. 난 이제 애들을 볼 나이는 지났다. 나는 너와 네 누나를 — 얘야, 평온히 잠들기를…… — 나는 너희 남매를 키운 것만으로도 벅차다. 이제 어떤 책임도 지고 싶지 않구나. '종소리가 안 나는 것은 종의 추가 없기 때문이다.'라는 말도 있지 않느냐."

---

41) 19세기 후반 쿠바에서 생겨난 유럽풍의 댄스 음악.
42) 미국 여가수 아이비 앤더슨(Ivie Anderson)을 가리킨다.

"무슨 말씀을 하시는지 도통 모르겠네요. 아버지, 아버지
가 저를 키워서, 제가 얻은 게 뭡니까? 일, 오로지 일밖에 없습
니다. 아버지는 이 세상에 저를 데려다 놓기만 하시고, 나머지
는 저더러 알아서 하라고 하셨잖아요. 하물며 아버지는 제가
경쟁자가 될까 봐서 폭죽 다루는 법도 안 가르쳐 주셨어요. 얼
어 죽지 않을 정도로 옷을 입히고는, 멋대로 세상을 배우라고
길바닥에 내놓았어요. 사실상 불알 두 쪽만 가려 주고 집에서
내쫓은 겁니다. 자, 보세요, 그 결과가 이겁니다. 우린 지금 배
가 고파서 죽을 지경이라고요. 며느리에 손자, 그리고 당신의
피붙이라는 이 자식까지, 우리 가족은 전부 죽어 가고 있어요.
제가 이렇게까지 나오는 것은 배고픔 때문이라고요. 아버지,
아버지는 이게 적법하고 정당한 경우라고 생각하십니까?"

"그렇다면, 나는 누가 보살펴 주지? 얘야, 너는 왜 결혼한
거냐? 너는 네 맘대로 집을 나갔어. 이 아비 허락조차 구한 적
도 없지 않느냐."

"그건 아버지가 제 처 뜨란시또를 한 번도 고운 눈으로 본
적이 없었기 때문입니다. 제가 그 여자를 데리고 갈 때마다 함
부로 대했잖아요. 생각해 보세요. '아버지, 이 여자가 바로 저
와 결혼할 사람입니다.'라고 말씀드리자, 아버지는 사생활을
들먹이면서 마치 거리의 여자 대하듯 했잖아요. 전혀 납득이
안 가는 엉뚱한 소리만 하시면서요. 아버지, 제가 다시 그 여
자를 데려오지 않았던 건 그 때문입니다. 그러니 그 일로 서운
하게 생각하지 마십시오. 여하튼 아버지, 지금 제가 바라는 건
딱 하나, 그 여자를 좀 봐달라는 겁니다. 저는 이번에 떠납니

다. 여긴 더 이상 할 게 없고, 이젠 무엇을 어떻게 해야 하는지조차 모르겠어요."

"그런 건 죄다 뜬소문이란다. 사람은 일을 해야 먹는 거고, 먹어야 사는 거야. 너는 이 아비의 지혜를 배워야 돼. 이 아비는 늙었다만, 절대 불평하지 않아. 철없던 시절에 대해선 할 말이 없구나. 한때는 나도 여자들을 찾아다녔으니까. 누구한테나 닥치는 일이지만, 그럴수록 몸만 축날 수밖에. 문제는 네 녀석이 바보라는 거야. 넌 그런 걸 이 아비가 가르쳤다는 식으로 말해선 안 된다."

"하지만 아버지는 저를 낳았습니다. 자식을 낳았으면 제대로 걷게 해 줘야 하는데, 옥수수 밭에서 뛰노는 망아지처럼 그냥 내버려 두셨잖아요."

"너는 가출하기 전까지 충분히 잘 지냈지 않느냐. 혹시 내가 너를 평생 보살펴 주길 원했던 건 아니렸다? 태어나서 죽을 때까지 똑같은 집만 찾는 것은 도마뱀뿐이란다. 너는 이 아비한테 그동안 잘 지냈다고, 여자도 만났고 자식들도 두었다고 말해야 해. 남들은 그런 호강은 고사하고, 먹지도 마시지도 못한 채 흐르는 강물처럼 덧없이 살고 있지 않느냐."

"아버지는 말장난조차 안 가르쳐 주셨어요. 저도 이제 알지만 말입니다. 만일 그때 가르쳐 주었으면 저도 아버지처럼 사람들을 갖고 놀면서 돈을 벌었겠지요. 하지만 아버지는 그러셨어요. '계란을 사도록 해라. 그게 더 많이 남는다.'라고. 그래서 저는 처음에 계란 장수를 했습니다. 그러다가 닭도 팔았고, 나중에는 돼지도 팔았어요. 그때까지는 제 형편이 그다지

나쁘지도 않았고요. 그런데 돈이란 게 금방 바닥이 나더군요. 자식들이 하나둘 생겨나면서 물 마시듯 빨아 대니, 장사 밑천도 바닥나고, 나중에는 외상마저 안 주더군요. 방금 말했지만, 제 가족은 지난주에 푸성귀만 먹었고, 이번 주에는 그것조차 못 먹었습니다. 그러니 떠날 수밖에요. 가야 합니다. 아버지, 아버지는 믿고 싶지 않겠지만, 저는 애들을 좋아합니다. 전 아버지처럼 자식들을 키우기만 하고 거리로 내놓는 아버지가 아니라고요."

"애야, 넌 이걸 배워야 해. 새로운 둥지에다 반드시 계란 하나를 놔두어야 한다는 거 말이다. 암만 해도 너는 나이가 들어야 사는 법을 배우고, 자식들이 떠난다는 것을 깨달을 모양이로구나. 자식들이 고마워하기는커녕 자기 아비에 대한 기억조차 꿀떡 삼켜 버린다는 걸."

"그건 순전히 말장난이라고요."

"그렇게 생각하겠지. 하지만 사실이란다."

"보시다시피 저는 아버지를 잊은 적이 없습니다."

"그거야, 아쉬워서 날 찾았으니 그럴 수밖에. 만일 네가 먹고살 만했으면 나를 잊었을 거야. 나는 네 어미가 세상을 떠난 뒤부터 혼자라는 걸 절감했단다. 네 누나가 죽자 더 외로워졌고, 너마저 내 곁을 떠났을 때 나는 그 외로움이 끝까지 갈 거라는 것을 알았지. 그런데 지금 와서 네가 그런 이 아비 마음을 휘저으려 하는구나. 하지만 너는 새롭게 삶을 구하는 것보다 죽은 것을 소생시키는 게 더 어렵다는 것을 모르고 있어. 애야, 너는 무엇인가를 더 배워야 해. 저잣거리를 돌아다니다

보면 많은 것이 너를 가르칠 게다. 스스로 깨우치는 것, 그게 네가 해야 할 일이다.”

“그러니까 제 처자식을 돌봐 주지 않겠다는 말씀입니까?”

“놔둬라. 배고파서 죽진 않을 테니까.”

“제발이지 제 처자식을 맡겠다고 대답해 주세요. 확답을 듣기 전에는 떠나고 싶지 않습니다.”

“애들이 몇이냐?”

“아들 셋에 딸 둘밖에 안 됩니다. 제 처는 너무 어리고요.”

“일찍 까졌다고, 그렇게 말해야겠지.”

“제가 첫 남편이었습니다. 그 여자는 처녀였고요. 좋은 여자입니다. 아버지, 제 처를 예쁘게 봐 주세요.”

“그건 그렇고, 언제 돌아올 생각이냐?”

“금방 돌아옵니다. 돈을 모으는 대로 곧 돌아온다고요. 아버지, 아버지가 그동안 쓴 생활비를 두 배로 갚을게요. 그러니 제발, 제 처자식을 먹여만 주세요. 이게 제가 아버지에게 부탁하는 전부입니다.”

\*

목장에서 일하던 사람들이 마을로 내려가고, 마을 사람들은 도시로 떠났다. 도시에서 사람들은 갈 곳을 잃고서 뿔뿔이 흩어졌다. “일자리가 없을까요?” “시우다드후아레스로 가시오. 200뻬소에 보내 주겠소. 가거든 내가 말하는 자를 찾아, 내가 보냈다고 전하시오. 다른 사람한테 얘기해선 안 된다는 거,

명심하고."“좋습니다, 돈을 준비해서 내일 다시 오겠습니다.”

“여기, 200뻬소 가져왔습니다.”

“좋아요. 당신한테 시우다드후아레스에 있는 내 친구 앞
으로 보낼 서류를 주겠소. 잃어버리지 않도록 단단히 챙기시
오. 그 친구가 국경으로 데려다 주고 계약서도 줄 거요. 여기
에 당신 자리를 빨리 잡을 수 있는 주소와 전화번호도 적혀
있소…… 아니, 텍사스로 가는 게 아니오. 혹시 오레곤이라
고 들어 봤소……? 좋아요, 그 친구한테 오레곤으로 가고 싶
디고 말하시오. 민화와는 상관없는, 사과를 수확하는 일이오.
보아하니, 아주 야무진 양반이군. 페르난데스에게 소개할 거
요…… 아, 그 사람을 모른다고? 그렇다면, 거기서 그 양반이
누군지 물어보도록 하시오. 사과 따는 일이 정 싫으면, 철도
놓는 일을 할 거요. 훨씬 많이 벌지만 그만큼 힘든 일이오. 달
러를 아주 많이 벌어 올 거요. 그 명함 잃어버리지 말고.”

*

“아버지, 다 죽였습니다.”

“누구를 죽였다는 말이냐?”

“우리를 말입니다. 강을 건너는데 난데없이 콩 볶는 소리가
나더니 다 쏴 죽였다고요.”

“거기가 어딘데?”

“빠소델노르떼요. 강을 건너는데, 랜턴이 비추는가 싶더니,
다 죽인 겁니다.”

"왜, 무엇 때문에?"

"저야 몰랐지요. 아버지, 에스따니슬라오를 기억하세요? 저랑 거기로 갔던 사람 말입니다. 그 사람이 자초지종을 얘기해 줘서 함께 멕시코시티로 갔다가, 거기서 엘패소로 갔거든요. 그런데 우리가 강을 건널 때쯤 기관단총이 불을 뿜더군요. 다 죽였어요. 저는 도망치다 말고 다시 돌아갔어요. 그 사람이 그러더군요. '이봐, 동포 친구, 날 데려가 줘. 날 버리지 마.' 그때 저는 온몸이 물에 젖은 채 배를 내놓고 드러누워 있었어요. 기력도 빠졌고요. 그렇지만 있는 힘을 다해서 그 사람을 끌어당겼지요. 랜턴 불빛을 피해 가면서 말입니다. 제가 '괜찮아요?'라고 물었지요. 처음에는 '날 데려가 줘!'라고 하더니, 나중에는 '총에 맞았다.'라고 하더군요. 저는 총탄에 한쪽 팔이 부러지고 뼈가 팔꿈치로부터 떨어져 나간 터라, 성한 팔로 그 사람을 잡아당기며 그랬지요. '나를 단단히 붙잡아요.' 그러고는 맞은편, 오히나가라고 불리는 곳에서 비추는 빛을 받으며 죽자 살자 강변으로 오르는데, 강물은 무심하게도 통나무 사이를 흘러가더군요. 마치 아무 일이 없었다는 듯이."

나는 가까스로 강변으로 빠져나가서 에스따니슬라오한테 물었다. "괜찮아요?" 대답이 없었다. 나는 새벽까지 그 사람을 살리려고 별짓을 다 했다. 살을 비벼 대고 가슴을 문질렀지만 소용없는 짓이었다.

오후가 되자, 이민국 경비대가 다가왔다.

"이봐, 여기서 뭐 하는 거야?"

"죽어 가는 사람을 지키고 있었습니다."

"당신이 죽였나?"

"아닙니다. 하사님."

"난 하사가 아냐. 그건 그렇고, 당신, 뭐 하는 자야?"

나는 독수리 휘장이 달린 제복을 보고서 그가 경비대라는 것을 알았다. 총신이 긴 권총을 차고 있었다.

그가 반복해서 물었다. "이봐, 당신 뭐 하는 자야?" 그러더니 내 머리채를 움켜쥐고 흔들어 대는데, 나는 다친 팔꿈치 때문에 어찌해 볼 수가 없었다.

"그만 때려요. 보다시피 난 지금 한쪽 팔이 부러졌다고요."

그제서야 그가 구타를 멈추었다.

"좋아, 무슨 일이야? 얘기해."

"간밤에 당했습니다. 강을 건너고 있는데, 호루라기 소리가 들리더니 난데없이 총알이 날아들더군요. 아무도 피할 수가 없었어요. 간신히 빠져나온 사람은 나하고, 보다시피 쭉 뻗어 버린 이 사람입니다."

"총질한 자들은 누구였지?"

"누군지 확인할 겨를조차 없었어요. 수많은 랜턴 불이 비추면서 콩 볶는 소리가 들렸거든요. 내 팔꿈치가 떨어져 나갔나 싶었는데, 이 사람이 날 찾더군요. 물속에 빠졌다고. 우린 아무 관계도 없지만, 그 상황에서는 누구든 도왔을 겁니다."

"아파치들 짓이 틀림없군."

"어떤 아파치들 말입니까?"

"몇 놈이 돌아다니는 모양인데, 저쪽에 거주한다더군."

"저쪽은 텍사스가 아닙니까?"

"그렇지. 하지만 거긴 아파치들이 득실대고 있어. 당신은 상상도 못할 거야. 아무튼 당신 친구를 수습하도록 오히나가에 전화할 테니, 당신은 고향으로 돌아갈 채비나 갖추라고. 어디 출신이지? 당신은 고향을 떠나지 않았어야 했어. 돈은 있나?"

"죽은 사람한테서 빼 놓긴 했는데, 얼마나 되는지는 봐야겠어요."

"거기엔 송환자들을 위한 팀이 하나 있지. 이번에는 통행증을 내주지만, 여기서 내 눈에 다시 띄면, 그때는 아주 작살을 내놓겠어. 난 똑같은 얼굴을 두 번 다시 안 보고 싶거든. 자, 어서 꺼져!"

"아버지, 그래서 이렇게 돌아와 아버지한테 자초지종을 말씀드린 겁니다."

"그게 멍청하고 시건방진 네가 구했던 거구나. 어쨌거나 집에 돌아가면 알게 될 거다. 네가 떠나서 뭘 얻었는지."

"안 좋은 일이라도? 혹시 어린애가 죽기라도 했단 말입니까?"

"네 처가 집을 나갔다. 어떤 마부와 말이다. 네가 그랬지? 더없이 좋은 여자라고. 네 자식들은 다 자고 있다. 그건 그렇고, 넌 이제부터 밤을 샐 만한 곳을 찾아야 할 게다. 생활비에 보태느라고 네 집을 팔았거든. 그래도 넌 나한테 30뻬소를 더 갚아야 한다."

"좋습니다, 아버지, 원망은 않겠습니다. 내일이라도 당장 일이 생기면 빚도 다 갚아 드릴 거고요. 그런데 아버지, 아버지는 왜 제 처가 마부를 따라서 거기로 갔다고 합니까?"

"그야 거기로 갔으니 그랬지. 그렇다고 꼭 단정 짓는 건 아니지만."

"그럼 곧 돌아오겠습니다. 제 처한테 가 봐야겠어요."

"어딜 간단 말이냐?"

"거기요, 아버지. 아버지가 말한, 제 처가 떠났다는 곳으로 말입니다."

# 기억해 봐

우르바노 고메스라고, 기억해 봐. 우르바노 씨의 아들이
자, 유행성 독감이 기승을 부리던 시절[43]에 "저주받은 천사
를 꾸짖으라"는 말을 되뇌면서 죽었던 디마스 씨의 손자 말이
야. 그러니까 못해도 십오 년은 됐겠군. 하지만 자네도 기억할
걸. 우리가 '할아버지'라고 불렀던 그 양반에게 골칫덩어리 딸
을 둘이나 둔 피덴시오 고메스라는 아들도 있었던 거. 거무튀
튀하고 작달막한 계집애는 '들창코'라는 짓궂은 별명으로 불
렸고, 또 한 계집애는 키가 크고 파란 눈이라 친딸이 아니라
는 소문까지 나돈 데다 툭하면 딸꾹질을 해 댔잖아. 우리가 미
사를 볼 때 뜬금없이 일어난 소동, 기억 안 나? '예수의 십자
가 처형' 시간이 막 시작되자마자 딸꾹질이 터져 나와 웃는 것

---

43) 1918년에 유행했던 스페인 독감.

도, 우는 것도 아닌 표정으로 어쩔 줄 몰라 하는 그 애를 밖으로 데리고 나가서 설탕물을 한 바가지나 들이마시게 만든 뒤에야 간신히 진정시켰잖아. 그랬던 계집애가 나중에는 용설란 농장 주인인 루시오 치꼬와 결혼했지. 강 상류 쪽, 그러니까 아마기름을 짜는 떼오둘로스 방앗간이 있는 곳에 위치한 그 농장은 본래 리브라도 소유였지만.

그건 그렇고, 그 친구 모친을 기억해 봐. 왜, 툭하면 바람을 피우고, 그때마다 애를 데리고 나온다고 해서 '가지'라고 불렸잖아. 사람들 밟보는 논이 좀 있었는데, 갓 태어난 자식들 장례비에 다 써 버렸다더군. 시동들을 불러서 납골당까지 진혼곡을 부르게 했으니, 그럴 만도 했겠지. 진혼곡이란 게 「호산나 성가」와 「영광의 송가」나 「하느님께 또 어린 천사를 보냅니다」 같은 음악이나 합창이었어. 게다가 조문객을 맞이하고 뒤치다꺼리를 해 댔으니 그나마 없는 살림이 거덜 난 거야. 그 와중에 살아남은 자식들이 바로 우르바노와 나딸리아인데, 그들 남매가 태어났을 때는 이미 찢어지게 가난했고, 불행하게도 그 여자는 자식들이 커 가는 것을 지켜보지 못했어. 오십이 다 된 나이에 들어선 아이를 낳다가 죽었거든.

자네가 그 여자를 모를 턱이 없어. 무슨 일이든 여차하면 따졌고, 시장통에서 토마토를 비싸게 판다며 장사하는 여자들과 다투기로 유명했잖아. 자기를 속인다고 고래고래 소리를 지르면서. 나중에는 먹고사는 게 힘들어지자, 쓰레기통을 뒤져서 양파 쪼가리며 삶은 콩깍지를 모으고, 사탕수수 줄기까지 주워 담았지. "자식들 입에 단물을 빨게 해 줄 거"라며. 아까도 말했지만, 그게 다 힘들게 얻은 남매 때문이었어. 그 뒤로 어떻게 되었는지, 그건 모르지만.

아무튼 그런 여자를 모친으로 둔 우르바노 고메스는 우리 또래였어. 생일이 우리보다 몇 달 빨랐을 뿐인데도 사방치기 놀이와 잡다한 속임수에 능했지. 그 친구가 언덕에 지천으로 널린 토끼풀을 우리한테 팔아먹었던 거, 기억할 거야. 하긴 그 친구가 팔아먹은 게 어디 한두 가지였어야 말이지. 교정에 매달린 덜 익은 망고도 팔았고, 수위실에서 2센따보를 주고 산 고춧가루를 오렌지에 뿌려서 5센따보에 팔았으니까. 그런가 하면 구슬과 팽이며, 숨바도르[44]며, 날지 못하도록 다리에 실을 묶은 풍뎅이까지, 그야말로 온갖 잡동사니를 자루 속에 넣어 와서 야바위판을 벌였잖아.

기억해 봐, 그 친구가 우리를 상대로 장사했던 거.

그 친구는 결혼하자마자 무능력자가 된 나치또 리베로의 처남이었잖아. 나치또가 레푸히오 씨 이발소에서 빌린 만돌린을 연주하고 다니는 동안, 오죽했으면 아내인 이네스 나딸리아가 먹고살기 위해 중앙로 초입에다 떼빠체[45] 가게를 차렸을까.

그런데도 우리는 툭하면 그 친구를 앞장세우고 그 누나를 찾아갔잖아. 떼빠체를 마시고 번번이 외상을 달았지만 한 번도 갚지 않았어. 다들 빈대 신세였으니까. 그러다가 그 친구는 외톨이가 되었는데, 그도 그럴 것이 우리 모두가 그 친구를 보

---

44) 윙윙 소리를 내며 돌아가는 장난감.
45) 멕시코 원주민들이 마시던 알코올 성분의 전통 음료수로, 선인장이나 파인애플, 사과, 오렌지 같은 과일 등을 발효시켜 만든다.

면 외면해 버렸거든. 외상값 갚으라는 말을 꺼내지 못하도록.

어쩌면 그 친구 우르바노 고메스는 그때 악인이 되었거나, 아니면 태어날 때부터 악인이었을 거야.

그 친구는 고등학교 2학년이 되기 전에 퇴학당했잖아. 세탁장 뒤쪽, 빈 물탱크 속에서 사촌인 '들창코'와 신랑 각시 놀이를 하다가 들켰거든. 그런데 모두가 지켜보는 가운데 선생이 그 친구 귀를 잡고 성문 쪽으로 데리고 나와서 남학생과 여학생이 쭉 늘어선 대열 사이를 지나가도록 만들자, 그 친구는 고개를 빳빳이 세우고 주먹을 불끈 쥔 채 걸었잖아. 마치 '오늘 내가 당한 수모는 톡톡히 갚아 주마.'라고 협박하듯.

그리고 그 친구 뒤로 인상을 잔뜩 찌푸린 '들창코'가 벽을 긁어대듯 쳐다보며 따라가더니 문을 나서자마자 울음을 터뜨렸잖아. 오후 내내 마치 코요테가 울부짖듯 괴성을 지르면서.

그건 그렇고 말이지, 자네 기억력이 그렇게 안 좋으니, 그 뒤에 일어난 일은 아예 깜깜하겠군.

사람들 말로는, 그 친구 삼촌인 피덴시오가 착즙기로 흠씬 두들겨 팼다더군. 거의 초주검이 되었던 모양이야. 그 일로 분노한 그 친구는 마을을 떠나 버렸지.

그런데 분명한 건 우리가 다시 못 봤던 그 친구가 경찰이 되어 나타난 거야. 그 친구는 항상 광장에 나와 있었고, 다리 사이에 카빈 소총을 끼고 벤치에 앉은 채 증오에 찬 눈길로 사람들을 바라다보았지. 아무와도 얘기를 나누지 않았어. 인사는 고사하고, 누군가가 자기를 쳐다보면 전혀 낯선 사람 대하듯 의아한 표정을 지으면서 말이야.

그 무렵이었어. 그 친구가 자기 매형인 나치또를 죽인 건. 그날 나치또는 세레나데를 연주하러 가던 길이었어. 그때까지도 '죽은 영혼들을 위한 타종' 소리가 들렸으니, 이제 막 저녁 8시가 지난 시각이었지. 그런데 느닷없는 비명 소리에 성당에서 묵주 기도를 드리던 사람들이 거리로 뛰쳐나오다가 그 광경을 목격한 거야. 나치또는 땅바닥에 쓰러져서 다리를 든 채 만돌린으로 자신을 방어하고, 우르바노는 마우저 소총 개머리판으로 쓰러진 나치또를 내리찧고 있었는데, 사람들이 고함을 질러 대도 소용없었어. 미친 개새끼 같았으니까. 이곳 사람은 아닌 누군가가 구경꾼들 틈에 있다가 그 소총을 빼앗아서 개머리판으로 우르바노의 등짝을 내리칠 때까지 말이지. 개머리판에 맞은 우르바노는 평소에 자신이 앉던 벤치 위로 꼬꾸라졌고.

사람들은 그 친구를 거기 내버려 두었는데, 그 친구는 밤새도록 거기 있다가 동이 트자마자 사라졌어. 사람들 얘기로, 그 친구가 전에 어떤 사제관에 있었는데, 거기 신부한테 성체강복식을 해 달라고 부탁했지만, 그 신부가 거절했다더군.

아무튼 그 친구는 길에서 붙잡혔어. 다리를 절뚝거리며 걷다가 앉아서 쉬고 있을 때 덮친 거야. 아무런 저항도 없었지. 사람들 얘기로, 자기 손으로 만든 올가미를 목에 걸고는 적당한 나무를 골랐다더군.

자네도 그 친구 우르바노 고메스를 기억하게 될 거야. 왜냐하면 우리는 학창 시절을 함께한 동창이었고, 자네 역시 나처럼 그 친구와 알고 지내던 사이였으니까.

# 너는 개 짖는 소리를 못 들은 거야

"얘, 이그나시오, 넌 위에 있으니, 무슨 소리가 들리면 들린다고, 뭐가 보이면 보인다고 말해야 한다."

"아무것도 안 보여요."

"분명히 이쯤일 텐데."

"하지만 아무 소리도 안 들려요."

"잘 살펴봐라."

"아무것도 안 보여요."

"이런 불쌍한 녀석 같으니."

그들의 검은 그림자가 위아래로 흔들리고, 돌부리에 차이고, 실개천을 따라 길게 늘어뜨려졌다가 짧게 당겨지기를 반복했다. 그들의 그림자는 두 개가 아니라 하나였다. 걸음을 내딛을 때마다 금방이라도 넘어질 것 같았다.

대지 위로 불덩이 같은 둥그런 달이 떠올랐다.

"진작 도착한 게 틀림없어. 그러니 귀를 쫑긋 세우고, 어디서 개 짖는 소리가 나는지 잘 들어 봐라. 그들이 그러지 않았더냐. 산을 넘자마자 또나야가 나올 거라고. 하지만 산을 넘은 지가 벌써 몇 시간째인데 아직도 안 보이다니. 얘야, 너도 듣지 않았더냐."

"하지만 개미 새끼 한 마리 안 보이는걸요."

"이젠 나도 지쳤나 보다."

"내려 주세요."

노인은 기댈 곳을 찾아 뒤로 물러섰지만 등에 업고 있는 아들을 내려놓지 않았다. 양다리가 꺾였지만 앉지 않았다. 거기서 그대로 주저앉으면 몇 시간 전에 사람들 도움으로 겨우 일으켰던 몸을 다시는 가눌 수 없을 것 같았다.

"기분은 좀 어떠냐?"

"안 좋아요."

아들은 거의 말이 없었다. 갈수록 말수가 적어졌다. 어떤 때는 잠이 든 것 같고, 어떤 때는 한기를 느끼는 것 같았다. 오들오들 떨었다. 그때마다 노인은 아들의 양발이 박차처럼 꼭 끼여 있는 자신의 겨드랑이에 바짝 힘을 주었다. 한참 만에 아들이 양팔로 껴안고 있던 노인의 목덜미를 흔들었다. 탬버린을 흔들어 대는 것 같았다.

노인은 자신의 혀를 깨물지 않도록 이를 꽉 물어야 했다. 머리를 흔들던 움직임이 잦아지자 노인이 물었다.

"많이 아프냐?"

"아플 텐데." 노인이 자신의 질문에 대답했다.

길을 나선 뒤에 아들은 연신 성화를 부렸다. "내려 줘요……. 날 여기 내려놓으라고요……. 아버지, 혼자 가세요. 조금 나아지면 금방 따라갈게요. 내일이면 따라잡을 거라고요." 그러나 똑같은 말을 수십 번이나 반복하던 아들이 지금은 신음 소리조차 내뱉지 않았다.

커다란 달이 눈앞에 떠올랐다. 그들의 눈을 가득 채우는 밝고 붉은 달이 그들의 그림자를 대지 위에 더 길게, 더 어둡게 만들었다.

"대체 어디로 가고 있는지 안 보이는구나."

그러나 아무도 대답하지 않았다.

노인의 등에 업힌 아들의 핏기 없는 창백한 얼굴이 달빛에 뽀얗게 드러났다. 그러나 노인은 고개가 꺾여 앞을 볼 수가 없었다.

"얘야, 내 말 듣고 있는 거냐? 내가 안 보인다고 하지 않았느냐."

그러나 아들은 말이 없었다.

노인은 걸음을 뗄 때마다 쩔쩔 맸다. 온몸을 바짝 움츠렸다가 다시 내딛기 위해 허리를 바짝 세워야 했다.

"이건 길이 아니야. 그들은 이 언덕 뒤에 또나야가 있다고 했어. 그래서 언덕을 넘었고. 하지만 또나야는 안 보이고, 아무런 기척조차 안 들리는구나. 그건 그렇고, 얘야, 너는 왜 눈에 보이는 것을 말해 주지 않는 거냐? 위에 있으면서 말이다."

"내려 주세요, 아버지."

"왜, 기분이 안 좋으냐?"

"네."

"난 어떤 일이 있어도 너를 꼭 또나야로 데려갈 게다. 널 치료할 사람을 만나야 하니까. 거기에 의사가 있다고 하지 않더냐. 내 너를 데리고 벌써 몇 시간째 걸어왔다만, 여기다가 널 버리진 않아. 누구든 널 치료해 줄 사람을 만날 때까지는."

노인의 발이 삐끗했다. 옆으로 두세 걸음 뒤뚱거리다가 이내 자세를 고쳐 잡았다.

"난 너를 또나야로 데려가고 말 게다."

"내려 줘요."

아들은 거의 잠긴 목소리로 중얼거리듯이 말했다.

"잠깐이라도 눕고 싶어요."

"잠이 오면 그대로 자거라. 어차피 데려가게 될 테니까."

청명한 밤하늘에 파르스름한 달이 떠 있었다. 땀으로 흠뻑 젖은 노인의 얼굴이 달빛에 반들거렸다. 노인은 정면으로 비치는 달빛을 피하려고 고개를 돌렸지만, 목에 감긴 아들의 양팔 때문에 뜻대로 되지 않았다.

"내가 지금 이러는 건 잘난 아드님 때문이 아니야. 아드님의 죽은 어미 때문이지. 왜? 아드님은 그 여자 자식이거든. 만일 내가 아드님을 모른 체하고 내버려 두었으면, 지금처럼 내가 아드님을 치료해 줄 사람을 찾아 나서지 않았으면, 그 여자는 나를 책망했겠지. 나한테 용기를 준 사람은 바로 그 여자이지 아드님이 아니야. 내가 아드님에게 빚진 것은 힘들고, 치욕적이고, 수치스러운 거 외엔 아무것도 없거든."

노인은 연신 땀을 흘렸다. 서늘한 밤공기에 말라붙은 땀 위로 다시 땀이 흘러내렸다.

"이러다 내 허리가 휘고 말겠지. 그래도 아드님과 함께 꼭 또나야로 가서 상처를 치료해 주고 말겠어. 물론 상처가 아물면, 잘난 아드님은 그 못된 세계로 다시 돌아가겠지. 하지만 그러든 말든 나와는 더 이상 상관없는 일. 그러니 상처가 낫거든 기왕이면 멀리 떠나시게. 내 다시는 잘난 아드님을 알고 싶지 않으니까. 그건……, 아드님은 이제 더 이상 내 아들이 아니니까. 난 아드님 몸속에 흐르는 내 피를 저주했지. 내가 저주했던 그 피를. 나는 이렇게 말했지. '내가 준 피가 그놈의 불알에서 썩어 문드러질 거야!' 나는 잘난 아드님이 길거리를 배회하며 돌아다니고, 남의 물건을 도둑질하고, 사람을 죽인다는 것을 알고부터 그렇게 말했지……. 아드님은 선량한 사람들까지 죽였어. 그러지만 않았으면 아드님의 대부인 뜨란낄리노가 살아 있을 텐데. 잘난 아드님한테 이름을 지어 준 양반. 그 양반 역시 지독한 불운에 잘난 아드님을 만난 거야. 그래서 그때부터 내가 그랬지. '그놈은 내 아들이 될 수 없어.'

애야, 뭐가 보이는지 잘 봐라. 아니면 무슨 소리가 들리는지 잘 들어라. 너는 위에 있으니 알 수 있을 게다. 이 아비는 귀가 먹어 버린 것 같구나."

"아무것도 안 보여요."

"애야, 그러면 안 된다."

"목이 말라요."

"참아라! 이 근처가 분명해. 밤이 깊은 시간이라 마을의 불이 다 꺼져서 안 보이는 것뿐이란다. 그래도 개 짖는 소리는 들릴 테니, 잘 들어 봐."

"물 좀 줘요."

"여긴 물이 없단다. 온통 돌투성이로구나. 그러니 조금만 더 참아라. 설사 물이 있더라도, 나는 너를 내려놓지 않을 게다. 누가 나를 도와 너를 다시 등에 업혀 준단 말이냐. 나 혼자서는 널 업을 수가 없단다."

"목도 마르고, 잠도 막 쏟아져요."

"넌 막 태어나서도 그랬지. 그때도 그랬어. 배가 고파서 깨고, 다시 자려고 마구 먹어 대더구나. 그러면 네 어미는 물을 주었지. 네가 네 어미의 젖을 이미 다 해치운 뒤였거든. 넌 꼭꼭 채워야 직성이 풀렸어. 성질까지 급하고. 난 네가 그렇게 성깔이 더러울 줄은 상상도 못했지……. 하지만 넌 그랬어. 그래도 네 어미는 아, 부디 평온하기를……. 그래, 네 어미는 네가 강하게 자라나길 바랐지. 네가 크면 든든한 버팀목이 될 거라고 믿었지. 네가 네 어미에게는 전부였어. 결국은 둘째를 낳다가 죽었지만 말이지. 그런데도 이런 판국에 살아 있다면, 그건 너로 인해 다시 한 번 죽는 거나 다름없겠지."

노인은 등에 업힌 아들의 무릎이 풀리고 두 발이 축 처지는 느낌을 받았다. 머리까지 좌우로 흔들리는 것 같았다.

이어 머리 위로 물방울이 뚝뚝 떨어지는 느낌이 들었다. 눈물 같았다.

"얘야, 우는 거냐? 어미가 생각나서 우시는 모양이구나? 하지만 어미한테 해 준 게 아무것도 없구나. 우리한테 갚은 것은 악이었어. 암만 해도 우리가 아드님한테 애정 대신 사악한 몸뚱이를 억지로 주었나 보구나. 그런데 대체 이게 뭐야? 아드님은 지금 다쳤어. 그 잘난 친구들과 무슨 짓을 벌인 거냐? 그놈들은 사람을 죽였어. 그러나 그놈들에겐 아무도 없었어. 그놈들은 이렇게 말했겠지. '우리는 하소연할 데도 없답니다.' 하지만 얘야, 너도 그러냐?"

*

저만치 마을이 있었다. 노인은 달빛에 빛나는 지붕들을 보았다. 그는 마지막으로 힘을 모으다가 다리가 꺾이면서 아들의 몸이 자신을 짓누르는 느낌을 받았다. 그는 첫 번째 집 처마 밑으로 걸어가 쓰러질 듯이 벽에 기댔다. 그리고 축 처진 아들을 떼어 냈다. 마치 자신의 몸에서 아들의 몸을 분리해 내듯.

노인이 여태까지 자신의 목덜미를 감싸 안고 있던 아들의 팔과 손깍지를 힘겹게 풀고 나서 한숨을 돌렸을 때, 어디선가 개 짖는 소리가 들렸다. 온 마을의 개들이 짖고 있었다.

"이그나시오, 이 소리를 못 들었단 말이냐?" 그가 중얼거렸다. "넌 나를 도와주지 않았어. 끝내 이런 기대마저도."

# 난장판이 벌어진 날

"그때가 9월이었지. 올해 9월이 아니라 작년 9월 말이야. 아니, 멜리똔, 재작년이었나?"

"아니, 작년이었어."

"그래, 역시 내 기억은 정확해. 작년 9월 21일. 이봐, 멜리똔, 바로 그날 지진이 났잖아."

"그건 며칠 전이지. 내가 알기로는 18일이었어."

"맞아, 자네 말이 맞아. 그즈음 나는 뚜스까꾸엑스꼬를 돌아다녔으니까. 온 사방이 무너진 집들이었어. 비틀어지고, 벌어지고, 벽이란 벽은 다 허물어진 모습이 흡사 당밀로 지은 집들 같더군. 그리고 흙더미에서 빠져나온 사람들이 공포에 질린 채 악을 쓰며 교회로 내달리는데, 잠깐만, 멜리똔, 뚜스까꾸엑스꼬에는 교회가 없잖아. 안 그래?"

"없지. 한 이백 년 전에 교회가 있었다고들 하는데, 다 허물어지고 남은 건 건물 벽뿐이야. 하지만 그 교회를 기억하는 것은 고사하고 어떤 교회였는지조차 아는 사람은 아무도 없어. 잡초만 무성한 게 마치 방치된 축사 같아."

"옳거니. 그러니까 지진이 내 발목을 붙잡은 곳은 뚜스까꾸 엑스꼬가 아니라 뽀초떼였군. 하지만 뽀초떼는 목초지잖아. 안 그래?"

"맞아. 거기에 교회로 불리는 조그만 예배당이 하나 있긴 하지만 말이지. 그 예배당은 로스알까뜨라세스의 대농장에서 조금 떨어진 곳에 있어."

"그렇다면 방금 내가 여러분에게 얘기한, 지진이 내 발목을 붙잡은 곳은 바로 거기가 되겠네요. 땅거죽이 심하게 뒤틀리는 게 마치 땅 속에서 무엇인가가 꿈틀거리는 것 같더군요. 아무튼 내 기억에 주지사가 도착한 것은 그로부터 며칠 후였어요. 우리가 허물어진 집들을 돌아다니며 무너진 벽에 버팀목을 대고 있을 때, 뭘 도와줄 수 있는지 보러 왔던 겁니다. 여러분이 아시다시피, 주지사가 나타나면 이목이 집중되고 모든 게 정리되지요. 문제는 무슨 일이 일어났는지 나가 보는 데 있는 것이지, 관사에서 지시만 하는 게 아니니까요. 설사 주지사가 하늘에서 집 위로 떨어지더라도 다들 만족하는 건 그런 이유이고요. 멜리똔, 안 그래?"

"그야 두말하면 잔소리지."

"그래요. 방금 내가 말했듯, 작년 9월, 지진이 나고 며칠 후에 주지사가 나타났어요. 우리 중에 주지사가 혼자 왔을 거라고 생각하는 사람은 없을 거요. 지질학자와 재난 전문가 들을 대동한 것은 물론이고요. 그런데, 멜리똔, 우리가 주지사 일행을 접대하는 데 들었던 경비가 얼마였지?"

"줄잡아 4,000뻬소는 들었을걸."

"그들은 딱 하루 머물다가 밤이 되자 떠났어요. 그러지 않았으면 얼마나 더 많은 돈을 낭비했을지 그건 모르지만, 그래도 우리는 무척이나 흡족했어요. 다들 주지사 얼굴을 구경한다고 목을 쭉 내민 채 칠면조 고기를 먹는 주지사 일행을 뚫어지게 쳐다보면서 고기를 뼈다귀까지 추려 먹는다는 둥, 또르띠야에 과까몰레 소스[46]를 얹어 게 눈 감추듯 빠른 속도로 해치우고 있다는 둥 저마다 한마디씩 거들면서요. 특히 주지사는 아주 점잖게, 말 한마디 없이 먹더군요. 콧수염을 톡톡 닦아 내는 냅킨이 더러워질까 봐 손가락을 양말에 닦으면서 말이오. 식탁에는 석류로 담근 뽄체[47]가 곁들여졌는데, 취기가 오르자 그들은 합창을 하기 시작했어요. 가만, 멜리똔, 그때 그들이 고장 난 레코드판마냥 반복해서 부르던 노래가 뭐였나?"

"그중 한 구절이 '그대는 비탄에 잠긴 영혼을 모른다네.'였어."

"멜리똔, 기억력 하나는 역시 끝내주는군. 그래, 바로 그거야. 주지사는 웃기만 하더니 화장실이 어디냐고 묻더군요. 화장실을 다녀와선 식탁 위에 놓인 카네이션 향기를 맡기도 하

---

46) 아보카도와 양파, 토마토, 푸른 고추로 만든 멕시코의 전통적인 소스.
47) 멕시코의 전통적이고 대중적인 과실주.

고, 노래 부르는 사람들을 바라다보면서, 박자에 맞춰 고개를 끄덕이면서 느긋한 미소를 짓기도 했어요. 그야말로 흐뭇한 표정이더군요. 그 양반은 행복해하는 사람들의 속마음까지 들여다본 거지요. 이어 연설이 시작되었어요. 주지사 일행 중에 고개를 왼쪽으로 삐딱하게 치켜든 인물이 일어나더군요. 미리 준비해 온 내용이었어요. 광장에 세워진 동상에 대해 언급했는데, 사실 그때까지 우리는 그 동상의 주인공이 후아레스[48]인 줄도 몰랐어요. 그 기념물에 대해, 그 인물에 대해 설명해 준 사람이 없었던 탓에 막연하게 이달고[49]나 모렐로스[50] 혹은 베누스띠아노 까란사[51]일 거라고만 생각했거든요. 그래서 해마다 기념일이 돌아오면 별생각 없이 형식적인 의전 행사를 치렀던 거고요. 그런데 그 멋들어진 양반이 베니또 후아레스를 가리키며 뭐라고 한 줄 아시오? 이보게, 멜리똔, 자네는 기억력이 워낙 좋으니, 그 양반이 했던 말도 기억하겠군."

"그야 똑똑히 기억하지. 하지만 같은 말을 반복하고 또 반복하자니, 이젠 지겨워 죽을 지경일세."

"그래, 들을 필요도 없겠지. 기껏해야 알맹이 하나 없는 내용뿐일 테니까. 그러니 자네는 나중에 주지사 연설이나 들려주라고.

아무튼 그날 행사는 지진으로 고생하거나 집 잃은 이재민

---

48) Benito Juárez. 토지 개혁법을 제정한 멕시코 대통령.

49) Miguel Hidalgo. 멕시코 독립 전쟁을 이끌었던 사제 출신 지도자.

50) José María Morelos. 이달고에 이어 독립 전쟁을 이끌었던 지도자.

51) Venustiano Carranza. 멕시코 혁명 지도자 출신 대통령.

을 위로하는 자리가 아니라, 순전히 먹고 마시는 술판이나 다름없었어요. 그런 조짐은 모든 차량이 주지사 일행을 수행하는 데 동원된 탓에 떼삑의 악단이 예정보다 늦게 도착했을 때부터 시작되었고요. 먼 길을 걸어온 악단이 쿵짝, 쿵짝, 하프와 큰북에다 심벌즈에 맞춰 「비에 젖은 소벨로떼」를 연주하면서 행사장으로 들어서자, 그 광경을 곁눈질로 지켜보던 주지사가 양복을 벗고 타이까지 풀었으니까요. 다들 뽄체를 내놓고 사슴 고기를 구워 대느라 정신이 없었어요. 여러분은 믿고 싶지 않겠지만, 그 양반들은 사슴 고기가 엄청나게 남아돈다는 걸 모르더군요. 우리는 그 양반들이 바비큐 고기가 맛있다고 침을 흘릴 때마다 웃었어요. 멜리똔, 안 그래? 여기선 바비큐 고기는 입도 대지 않잖아. 하지만 그들이 접시를 갖다 놓기 무섭게 입에 처넣기 바쁘니, 어쩌겠어요. 우리로선 접시를 나르고 또 나를 수밖에. 게다가 툭하면 아첨을 떠는 띰브레의 행정관 리보리오가 '이런 환영 행사에 경비가 드는 건 어쩔 수 없으니 돈에는 신경 쓰지 말라.'라고 하자, 당시 시의회 의장이었던 멜리똔 자네가, 물론 그때까지만 해도 난 자네를 모르고 지냈지만, 이렇게 말했지. '자, 뽄체를 통으로 가져와요. 이번 방문을 소홀히 하면 안 됩니다.'라고. 여하튼 본격적으로 술잔이 도는데, 거짓말 하나 안 보태서 식탁보가 흥건히 젖더군요. 하나같이 밑 빠진 독이었어요. 나는 주지사만 뚫어지게 쳐다보았는데, 그 양반 자리 한번 뜨지 않더군요. 쉴 새 없이 손을 놀리면서 먹고 마셔 대느라 정신이 없었어요. 그것만이 아닙니다. 아첨꾼들이 부산을 떨며 가져다 놓은 음식과 술잔으로 식탁이 꽉 차서 손에 들고 있던 소금 병을 놓을 자리조차 없어지자, 그 양반은 아무도 몰래 소금 병을 자기 와이셔츠 호주머니에 넣더군요. 그래서 내가 그랬지요. '장군님, 소금을 안 좋아하십니까?' 그러자 주지사가 씩 웃더니 손가락으로 와이셔츠 호주머니를 가리키더군요.

더 대단한 일은 주지사의 연설이었어요. 모두를 감동의 도가니로 몰아넣은 연설 말입니다. 천천히, 아주 천천히 자리에서 일어나 구둣발로 의자를 뒤로 밀고 손을 식탁 위에 올려놓더니, 마치 띠들썩한 소송을 휘어잡겠다는 듯이 고개를 웅크리고 목청을 가다듬는데, 그때부터 다들 입을 다물 수밖에요. 자, 멜리똔, 주지사가 뭐라고 했지?"

멜리똔이 입을 열었다 "주민 여러분, 이 자리에서 저는 지나온 노정을 되돌아보고, 제가 약속했던 공약들을 되살리고자 합니다. 이 땅은 지난 선거에서 제가 주민을 대표하는 익명의 동반자이자 포용력 있는 조력자의 자격으로 방문했던 곳으로, 당시 후보자인 제가 내세웠던 정직성은 저 자신의 정치적 견해에 대한 맥락에서 벗어난 적이 결코 없는바, 그 견해란, 바꿔 말하자면, 주민과의 단결이라는 최상의 연대 속에서, 오늘날까지 보여 주지 못한, 명백한 혁명적 이상주의의 총론이 실현하는 성과와 이행 의무에 대한 공고함을 통합함으로써, 민주적인 원칙을 확립하는 것입니다."

"멜리똔, 그 대목에서 박수가 터져 나오지 않았나?"

"나왔지. 그것도 아주 크게. 이어 주지사는 이렇게 말했지."

"주민 여러분, 제 구상은 바로 그것입니다. 후보로서 제 공약들은 미미합니다. 저는 오로지 실천할 수 있는 것을, 그것이 실현될 때 개인이나 어떤 특정 집단이 아닌 공동에게 혜택을 안겨 주는 공약을 선택했습니다. 그런데 오늘 우리는 여기서, 이번에는 제 통치 프로그램이 전혀 예견하지 못한, 자연이 만들어 낸 역설적인 이곳에서 함께하고 있는바……."

"지당하신 말씀입니다, 장군님! 바로 그겁니다!" 한쪽에서 누군가가 소리쳤다.

"……그러니까 이번 경우는 자연이 우리에게 형벌을 내린 것으로, 우리는 우리 모두의 것이 될 수 있었던 보금자리를, 우리 모두의 보금자리를 파괴한 진앙지 한복판에서 그것을 받아들이는 존재가 되어 있습니다. 그리하여 우리는 재난 구조에 동참하고 있습니다. 우리는 타인의 불행을 즐기는 잔혹한 욕망이 아니라, 파괴된 삶의 터전을 재건하는 모든 노력을 경주하고, 죽음에 희생된 이들을 위로하는 형제애를 발휘할 것입니다. 몇 년 전, 그러니까 당시만 해도 모든 권력에 대한 야망과는 거리를 둔 제가 방문했던 그야말로 평온한 이곳이 비탄에 잠겨 있다는 게 제 마음을 아프게 만듭니다. 그렇습니다, 주민 여러분, 졸지에 가재도구를 잃어버린 생존자들의 아픔과 이 순간에도 우리 발밑에 묻혀 있는 주검들을 향한 고통이 제 마음을 찢어 놓고 있습니다."

"멜리똔, 그 대목에서 다시 박수가 터져 나오지 않았나?"

"아냐, 그게 아니라 그전에 소리를 질렀던 자가 '지당하신 말씀입니다, 주지사님! 바로 그겁니다!'라고 다시 외치자, 이번에는 그자보다 더 가까이 있던 자가 나선 거야. '저 주정뱅

이 주둥이 좀 틀어막으라고!'"

"아, 그랬지. 그때 맨 끝 좌석에 있던 나는 어떤 소동이 일어날지도 모른다고 막연히 생각하고 있었는데, 주지사가 자신의 말꼬리를 놓지 않자, 좌중이 금방 차분해졌으니까."

"뚜스까꾸엑스코 주민 여러분, 거듭 말씀드리거니와 '죽은 사람은 이미 죽음과 계약했다.'는 베르날, 즉 위대한 베르날 디아스 델 까스띠요[52]의 명언에도 불구하고 제 마음은 아프기만 합니다. 이번 사태는 실체적이고 인간적인 측면에서 나무가 첫 개화기를 맞이했지만 안타깝게도 꽃을 피우지 못하는 것만큼이나 아프다는 겁니다. 주민 여러분, 우리는 총력을 기울여 돕겠습니다. 우리는 어느 누구도 예측하지 못했고, 어느 누구도 원하지 않았던 재앙을 극복하기 위한 범국가적인 사태 수습에 매진하겠습니다. 제 임기는 여러분과의 약속을 지키지 않고서는 끝나지 않을 것입니다. 아울러 저는 믿고 싶습니다. 이번 사태가 하느님의 의지와는 전혀 상관이 없다는 것을……."

"여기까지야. 연설이 이어졌지만 식탁 끝 쪽에 소동이 일면서 무슨 소리를 하는지 도통 알아들을 수가 없더라고."

"멜리똔, 아주 정확하군, 그 소동이 눈앞에서 일어났잖아. 그러면 그 소동에 대해선 내가 얘기하지. 그러니까 계속해서 고함을 지르던 수행원이 길거리까지 들릴 만큼 큰소리로 '바

---

52) Bernal Díaz del Castillo. 16세기 멕시코 정복에 나섰던 에스파냐 군인이자 작가.

로 그겁니다, 바로 그겁니다!'라고 외치더군요. 그리고 사람들이 제지하려고 하자, 그자는 권총을 뽑아 자기 머리 위로 빙빙 돌리고 흔들어 대면서 천장을 향해 방아쇠를 당기기 시작했고, 그자를 지켜보던 사람들은 총알보다 빠르게 피신하더니 식탁 밑에서 그릇과 유리잔 깨지는 소리를 들으면서 그자를 어떻게든 진정시키려고 병을 던져 댔지요. 번번이 벽만 맞혔지만 말입니다. 그사이에 그자는 탄창을 다시 장전하더니 여기저기서 던져 대는 병 세례를 이리저리 피하면서 다시 총질을 해 댔고요.

아마도 사람들은 인상을 찌푸린 채 소동을 지켜보던 주지사를 보았을걸요. 마치 자신의 눈길로 그자를 진정시키고 싶어 하는 것 같은 그 모습을.

그런데 바로 그때였어요. 누가 시켰는지는 알 턱이 없지만 난데없이 음악 소리가 들린 것은. 그들이 온힘을 다해서 애국가를 연주하기 시작한 겁니다. 트롬본을 얼마나 힘차게 불었으면 나발 찢어지는 소리가 났을까요. 그런데도 소동은 계속되었고, 나중에는 그 소동이 바깥으로 이어졌지요. 사람들이 주지사한테 알리더군요. 거리에서 사람들이 낫을 휘둘렀다고. 아니나 다를까, 여자들 비명 소리가 들리더군요. '어서 떼어 놓으세요! 이러다가 생사람 잡겠어요!' 그 뒤로 다른 여자 목소리가 이어졌고요. '저놈 잡아요!', '내 남편을 죽였어요!'

그런데도 주지사는 한 발짝도 떼지 않은 채 자기 자리를 지키고 있더라고요. 이봐, 멜리똔, 그럴 때 하는 말이 있는데, 그걸 뭐라더라……?"

"담대하다."

"담대하다, 바로 그거요. 아무튼 바깥이 어수선한 반면, 행사장 안쪽은 차츰 진정되는 분위기였어요. '지당하신 말씀'이라며 연신 맞장구치던 자가 여기저기서 날아든 병에 맞고 바닥에 쭉 뻗어 버렸거든요. 주지사가 움직인 것은 그때였어요. 기절한 자에게 다가가더니, 무기를 빼앗아서 수행원에게 건네주며 그러더군요 '이자를 끌어내고, 다시는 총을 휴대할 수 없도록 조치하게.'라고. 물론 지시를 받은 자는 지체 없이 '알겠습니다, 주지사님.'이라고 대답했고요.

이유는 모르지만, 그 와중에도 음악은 그치지 않았어요. 그들은 애국가를 반복해서 연주하더군요. 맨 처음에 연설했던 깔끔한 신사가 양팔을 들어 올리고는 희생자들을 위해 묵념하자고 제안할 때까지 말입니다. 그런데 멜리똔, 우리 모두를 묵념하게 만들었던, 그 깔끔한 신사가 언급한 희생자는 대체 누굴 말하는 거지?"

"그야 말 그대로 희생자들이지."

"좋아, 그들을 위해서 그랬다고 해 두지. 아무튼 행사는 계속되었어요. 다들 다시 제자리에 앉았고, 식탁을 정리했고, 뽄체를 마시면서 「비탄에 잠긴 시간」을 불렀으니까요.

아, 이제 막 기억나는데, 그 난장판이 벌어진 날은 9월 21일이었던 게 확실하네요. 왜냐하면 내가 고주망태가 되어 집에 돌아간 그날, 마누라가 아이를 낳았거든요. 우리 아들 메렌시오를 말입니다. 마누라는 힘든 데도 자기를 혼자 집에 놔두었다고 거의 한 달 동안 입도 뻥끗 않고서 바가지를 긁더군요.

나중에 기분이 풀리자 한 말인데, 그날 마누라는 산파조차 불러 주지 않은 못된 남편 탓에 혼자서 끙끙대며 하느님이 역사하신 바에 따라 아이를 낳았다더군요."

# 마띨데 아르깡헬의 유산

아주 오래된 일은 아니다. 꼬라손데마리아에 '에레미떼스 부자'로 알려진 아버지와 아들이 살았는데, 그들이 그렇게 불렸던 것은 둘 다 이름이 에우레미오이기 때문일 것이다. 다시 말해 아버지도 에우레미오 쎄디요, 아들도 에우레미오 쎄디요였던 것이다. 그렇다고 그 둘을 분간하기가 어렵다는 말은 아니다. 왜냐하면 둘 사이에는 이십오 년이라는 차고 넘치는 세월의 차이가 있으니까.

차고 넘치는 세월의 차이는 우리의 주님인 하느님이 아버지 에우레미오에게 은혜를 베풀어 기골이 장대한 인물로 만든 데 있다. 반대로 아들은 누가 봐도 인정할 만큼 모든 면에서 부친과 달랐다. 아들은 빼빼한 것도 부족해서, 물론 지금도 그렇지만, 마치 짓밟힌 돌멩이처럼 증오에 짓눌려 살았다. 태어난 것 자체가 아들에겐 불행이었다고 할 수 있을 것이다.

*

아들을 지긋지긋하게 증오한 사람은 아버지였다. 대부로서 아들에게 이름을 지어 준 내가 아니라 생부 말이다. 생부는 아들을 자신의 키 높이에 맞추려고 부단히 애를 썼다. 기골이 장대한 그 양반은 아들을 격려하면서도 아들의 덩치를 가늠하는 눈치였다. 그러나 아들을 지켜보는 그 눈에는 마치 쓰레기 대하듯 마지못해 쳐다보는 마뜩찮은 표정이 담겨 있었다. 꼬라손데마리아에서 주변을 압도하는 그는, 키가 옆으로만 불어나는 그 일대 사람들과 달리 위로 한없이 자라난 유일한 인물이었다. 오죽했으면 그곳에 대해 본래 단신들만 나오는 곳이고, 키가 작으면 그곳 출신이라고 하겠는가. 혹시 이 자리에 그곳 출신이 있더라도 화내지 말길 바란다. 그러더라도 나는 내 생각을 견지할 테지만 말이다.

그러면 다시 꼬라손데마리아에 살았던 그 부자에 대한 이야기로 되돌아가자. 아버지 에우레미오는 잦은 난리 통에, 아니, 그것보다는 제멋대로 방치한 끝에 엉망이 된 라스아니마스[53]라는 대 목장을 갖고 있었다. 그런데 아까도 말했지만 그 양반은 자기 아들에게, 나한테 양자가 되는 아들에게 유산을 남기고 싶은 생각은 추호도 없었다. 그래서 날이면 날마다 목장 귀퉁이를 조금씩 떼어 내듯 팔아서 빈가로떼[54]를 마셨다.

---

53) '영혼들'이라는 뜻의 에스파냐어.
54) 용설란을 증류해서 만든 전통적인 술.

그 양반 하는 짓이 마치 나중에 아들이 먹고살 만한 땅을 갖게 되면 어떡하나 노심초사하는 것 같았다. 그리고 결국은 자기 뜻을 이루었다. 반면에 아들에게는 순전히 눈물로 일군, 그나마 그의 처지를 안쓰럽게 여기던 주위의 도움으로 생긴 손바닥만 한 땅뙈기가 전부였다. 그럼에도 생부는 아들 걱정은 고사하고, 아들 모습을 보는 것만으로도 온몸의 피가 굳어 버리는 것 같았다.

이 모든 것을 이해하기 위해서는 과거로 거슬러 올라가야 한다. 그 아들이 태어나기 훨씬 이전으로, 그러니까 그 양반이 아들의 생모를 만나는 시점으로 말이다.

생모는 마띨데 아르깡헬이다. 덧붙이자면, 그 여자는 꼬라손데마리아가 아니라 더 위쪽에 위치한 추빠데로스 출신이며, 그 양반은 그곳에 한 번도 가 본 적이 없고, 그 여자에 대해 이야기로만 들었다. 그 무렵 그 여자는 나와 결혼을 약속한 사이였다. 열 길 물속은 알아도 한 길 사람 마음속은 모른다는 말이 있지만, 나는 그 여자를 그 양반한테 데려갔다. 한편으로는 우쭐한 마음에 그 여자를 자랑하고 싶었고, 다른 한편으로는 후견인이 되어 달라고 부탁할 참이었는데, 나로서는 설마 그 여자가 나에 대한 감정이 느닷없이 메마를 줄은, 나를 향한 마음이 차디차게 식을 줄은, 나아가 그녀의 마음이 다른 남자한테 꽂힐 줄은 상상조차 못 했다.

물론 그 사실은 나중에 알았다.

그건 그렇고, 일단은 여러분에게 마띨데 아르깡헬이 누구이고, 어떤 여자인지부터 얘기하겠다. 서두르지 않고 천천히.

그러다 보면 자초지종을 알게 될 것이다.

그 여자는 추빠데로스에 있는 어떤 객줏집 여주인인 시네시아의 딸이었고, 그곳은 사람들 말마따나 황혼이 깃드는 곳이자, 우리 마부들이 여정이 끝나는 곳이었다. 그래서 그쪽 방향이 행선지인 마부들이 마떨데를 알게 되고, 마떨데를 눈요깃감으로 삼은 것은 지극히 당연한 일이었다. 그 시절만 해도, 그러니까 그곳에서 사라지기 전만 해도 마떨데는 우리 모두의 마음속에 물처럼 스며드는 풋풋한 계집애였다.

그러던 어느 날, 어찌된 영문인지 우리가 미처 생각지도 못한 어느 날, 마떨데는 여자로 변했다. 마치 꿈을 꾸는 듯한 눈길은 일단 박히면 다시 빼내기 힘든 못처럼 누군가의 마음을 꿰뚫고, 입술은 마치 키스 세례를 받은 것처럼 열려 있었다. 누가 보더라도 예뻤다.

누군가에게는 그런 말을 할 자격이 없다 해도 좋다. 여러분은 그 누군가가 바로 마부라는 것을 알고 있다. 일개 마부가 그냥 제멋대로 해 본 소리라는 것을. 길을 돌아다니는 동안에 혼자서 중얼거리는 말이라는 것을.

그 여자의 길은 평생 내가 돌아다녔던 무수한 길을 다 합친 것보다 더 길었다. 오죽했으면 내가 그녀를 사랑하는 게 결코 끝나지 않을 길이라는 생각까지 했겠는가.

그러나 모든 것은 에우레미오가 차지했다.

하루는 일을 마치고 돌아왔다가 그 여자가 라스아니마스 대 목장 주인과 결혼한 사실을 알았다. 나는 탐욕이, 어쩌면 그 양반의 거대함이 그녀를 앗아 간 것으로 생각했다. 나는 평생 나 자신을 정당화하는 데 실패한 적이 없다. 내 속을 쓰리게 만들었던 것은, 무엇보다 괴로웠던 것은 그녀를 보고 싶어서, 그녀의 끈적끈적한 눈길에 박히고 싶어서 지름길을 달려오는 불쌍한 악마들을 잊게 될 거라는 염려였다. 특히 나를, 여러분의 일꾼인 나 뜨란낄리노 에레라를, 그녀와 껴안고, 키스하고, 모든 것을 약속한 나를. 물론 짐승도 배고프면 우리 밖으로 나오게 되는 것을 비추어 보면 잘된 일일 수도 있을 것이다. 게다가 그녀는 음식을 제대로 먹지 못했는데, 그 이유는 한편으로, 우리 마부라는 직업이 식사 시간을 제대로 못 맞추는 경우가 적지 않았고, 다른 한편으로 우리가 식사하는 동안에 그녀는 말의 재갈을 물려야 했기 때문이다.

그녀는 나중에야 임신으로 몸이 불었다. 아들을 낳았다. 그리고 죽었다. 재갈 풀린 말이 그녀를 죽였다.

*

어린애의 영세 미사에 다녀오던 길이었다. 그녀는 어린애를 품에 안고 있었다. 나는 왜, 어떻게 해서 달리던 말의 재갈이 풀렸는지, 그건 말할 수 없다. 줄곧 맨 앞에서 가고 있었기 때문이다. 내가 기억하는 유일한 것은 그 짐승이 하얀 털이 섞인 갈색 말이라는 것이다. 느닷없이 무엇인가가 지나갔다. 회색 구름 같았다. 짐승이 일으키는 먼지였다. 진흙덩이를 뒤집어 쓴 채 저 혼자 내달렸다. 마띨데. 마띨데 아르깡헬이 저만치 뒤처져 있었다. 물웅덩이에 얼굴이 처박힌 채. 우리가 그렇게 좋아하던 예쁜 얼굴이 물에 잠겨 있는데, 아직은 심장이 뛰고 있는 그녀의 몸이 내뿜는 피를 씻어 내는 것 같았다.

하지만 그녀는 이미 우리의 그녀가 아니었다. 그녀를 자기 것으로 길들인 유일한 남자 에우레미오 쎄디요의 소유물이었다. 아리따운 마띨데를! 그는 그녀를 길들이는 데 그치지 않고, 속살보다 훨씬 더 깊숙한 내면까지 자기 것으로 취하고는 자식까지 낳게 만들었다. 그러기에 그즈음에 그녀에 대해 나에게 남은 것은 과거의 그림자밖에, 어쩌면 기억의 끈밖에 없었다.

그렇지만 나는 단념하지 않았다. 대부라는 자격으로 어린애의 영세 미사에 참석하고, 그렇게 그녀의 주위를 맴돌았다.

그래서 아직도 그 바람을, 그녀의 생명의 불꽃을 꺼 버렸던 바람이 나를 스치는 것을 느낀다. 마치 지금 이 순간에 일고 있는 것 같은 바람을, 마치 누군가를 향해 부는 것 같은 바람을.

나는 물이 가득 고인 그녀의 눈을 감기고 고통으로 일그러진 그녀의 입술을 바로잡아 주었다. 짐승이 정신없이 내달릴 때, 그리고 땅바닥에 처박힐 때까지. 혼자서 감내했을 초조함이 묻어 있는 그녀의 입술을 어루만져 주었다. 앞서 말했듯이 어린애를 품에 안은 그녀의 육신은 굳어 가고 있었다. 어린애를 보호하고자 온몸의 기운을 짜 낸 탓이었다. 그러나 그녀의 눈길은 어린애한테 꽂혀 있었다. 방금 나는 그녀의 눈에 물이 가득 고여 있었다고 했지만, 그것은 눈물이 아니라 웅덩이의 흙탕물이었다. 그녀의 눈빛은 마지막 순간까지 자식만큼은 무사해서 안도한다는 듯한 기쁨으로 빛났다. 그러나 나는 그토록 애정이 깃든 그녀의 눈을 감길 수밖에 없었다. 여전히 살아 있는 것 같은 그녀의 눈을.

우리는 그녀를 묻었다. 그 입술, 그렇게 닿기 힘들었던 입술도 흙으로 덮었다. 우리는 무덤 속으로 사라지는 그녀를, 처음부터 끝까지 형체마저 사라질 때까지 지켜보았다. 에우레미오 쎄디요는 떡 버티고 서 있었다. 나무 기둥 같았다. 나는 마음속으로 생각했다. '추빠데로스에 그냥 놔뒀으면, 아직도 살아 있을 텐데.'

그가 말했다. "그놈이 그러지만 않았으면, 아직도 살아 있을 텐데." 그러면서 평소 어린애가 부엉이 울음소리 같은 괴성을 내지를 때마다 말들이 크게 놀랐다고 했다. 그래서 애 엄마한테 어린애를 울리지 않게 조심하라고 단단히 주의를 주었고, 혹시라도 말에서 떨어질 때 그녀의 몸이 다치지 않는 방법까지 일러 주었는데, 그녀가 그의 충고를 거꾸로 받아들였다는 것이다. "글쎄, 그 와중에도 어린애가 짓눌리지 않도록 자기 몸을 활처럼 휘었더라고. 이런저런 말이 나오는 모양인데, 모든 건 그놈 잘못이야. 그놈이 괴성을 지르면 사람까지 놀라거든. 그러니 내가 뭐가 아쉬워서 예뻐하겠나. 나한테는 도움이 안 되는 놈이야. 다른 여자 같으면 나에게 더 많은 것을 줄 수 있을 테고, 내가 원하는 자식들을 더 많이 낳아 주겠지. 그런데 그놈은 내가 다른 여자 냄새 맡는 것조차 내버려 두질 않아." 그가 그런 식으로 이런저런 이야기를 풀어내는데, 그의 말을 듣고 있는 누군가는 과연 그가 죽음 앞에서 슬퍼하는 것인지, 분노하는 것인지 알다가도 모를 일이었다.

분명한 것은 그 양반이 자기 아들을 평생 증오했다는 것이다.

그 양반은 내가 서두에서 꺼냈던 얘기처럼 술을 가까이하기 시작했다. 자기 땅을 빈가로떼와 바꾸고, 나중에는 아예 통으로 사들였다. 나는 수취인이 에우레미오라고 기재된 빈가로떼 술통을 실어다 준 적도 있다. 그는 술에 자신의 모든 것을 걸었다. 술을 마시면 아들을, 내 양자를 때렸다. 팔이 아파 더 이상 때릴 수 없을 때까지 말이다.

그렇게 세월이 흘렀다. 어린 에우레미오는 힘든 수모를 겪으면서 자랐다. 주위의 온정과 도움도 받았지만 무엇보다 타고난 생명력 덕분이었다. 아들은 날이면 날마다 자신을 겁쟁이나 살인자로 여기는 아버지 눈총을 받으며 아침을 맞이했고, 아버지는 아버지대로 아들의 존재를 잊고자 자기 손으로 죽이지 않고 굶어 죽기를 바랐다. 그러나 아들은 살았다. 반면에 아버지는 날이 갈수록 무너졌다. 사실 여러분이나 나나, 우리 모두는 시간이란 게 우리 인간이 지탱할 수 있는 가장 무거운 짐보다 더 무겁다는 것을 잘 안다. 그런 식으로 세월이 흐르면서 서로 간의 증오가 무디어지고, 그들의 삶은 각자의 고독으로 변했다. 물론 서로간의 앙심은 계속되었지만 말이다.

나는 더 이상 그들에 대해 신경 쓰지 않았다. 그러나 나는 사람들의 입을 통해서 그 양반이 술에 취한 날 밤이면 내 양자가 피리를 분다는 것을 알았다. 그들은 말도 나누지 않고 눈도 마주치지 않았다. 그리고 밤이 이슥해지면, 어떤 때는 자정이 지난 뒤에도 꼬라손데마리아에 피리 소리가 들린다는 소문이

돌았다.

그런데 내 이야기가 더 길어지지 않을 일이 생겼다. 그 일은 그 일대에 빈번하게 일어나는 소란들 중의 하나로, 어느 날 꼬라손데마리아에 반란군이 들이닥친 것이다. 그들은 말을 타고 있었지만 소리조차 내지 않고 잠입했다. 길에 무성하게 자라난 잡초 덕분이었다. 사람들은 그들이 평소와 달리 큰 소동을 일으키지 않고 마을을 가로지를 때, 물오리와 귀뚜라미 울음소리가 들렸다고, 나중에는, 그러니까 그들이 '에레미떼스 부자'의 집 앞을 지날 때는 곤충들 울음소리보다 더 큰 피리 소리가 들리더니 차츰 멀어지더라고 말했다 .

도대체 무슨 일이 일어났는지, 그들이 무슨 일로 거기를 지나갔는지 아무도 몰랐다. 분명한 것은, 역시 들은 얘기인데, 그로부터 며칠 후, 이번에는 정부군이 마을을 지나갔고, 이번에는 부친인 에우레미오가, 그때만 해도 이미 병색이 완연했던 그가 정부군에게 자기를 데려가 달라고 부탁했다. 그들이 뒤쫓던 반란군 중의 누군가를 만나겠다고 통사정한 모양이었다. 정부군은 그의 부탁을 받아들였다. 그 양반은 말을 타고 집을 나섰다. 아까도 말했듯, 그는 장총은 챙겼지만, 워낙 큰 키라 머리가 깃발 같아서 굳이 모자까지는 찾을 필요가 없었다.

그리고 며칠이 지났다. 모든 게 평온했다. 그런데 내 귀에 소식이 들렸다. 아무런 소문이 없던 '아랫녘'에서 들려온 소식이었다. 급기야 사람들까지 몰려들었다. '꼬아밀레로'라고, 여러분도 알다시피 산자락을 일궈 먹고사는 소작농들로, 그들이 마을로 내려왔다는 것은 무슨 걱정거리가 생겼거나 어떤 걱정거리를 만들었다는 것이다. 그랬기에 다들 깜짝 놀랄 수밖에. 그들은 며칠 전부터 산등성이에서 전투가 벌어졌고, 거기서 사람들이 내려온다고 전했다.

오후에는 인적이 끊겼다. 밤이 깊었다. 어떤 사람들은 그들이 다른 길을 택했을 것이라고 생각했다. 다들 닫힌 문 뒤에서 기다렸다. 교회의 종소리가 9시에 이어 10시를 알렸다. 종소리 사이사이로 짐승들 소리가 들리더니 말을 탄 자들이 나타났다. 그때 나는 내 눈으로 그들을 보았다. 비쩍 여윈 짐승을 타고 있는 그들은 누더기를 걸치고 있었다. 어떤 자들은 피투성이였고, 어떤 자들은 머리가 흔들리는 것으로 보아 잠들어 있었다. 그들의 행렬이 길게 꼬리를 물고 있었다.

한밤중이라서 윤곽만 겨우 드러나는 그들의 행렬이 끝날 쯤, 그 소리가 들리기 시작했다. 처음에는 겨우 들리다가 차츰 뚜렷해지는 피리 소리였다. 그리고 나는 똑똑히 보았다. 생부가 몰고 갔던 말을 타고 오는 내 양자 에우레미오를. 그 아이는 오른팔로 축 늘어진 생부의 시신을 가누는 한편, 왼팔로 피리를 불며 맨 뒤에서 오고 있었다.

# 아나끌레또 모로네스

젠장! 악마의 딸년들 같으니라고! 나는 떼를 지어 몰려오는 그들의 행렬을 지켜보았다. 검은 옷에 직사광선을 받아 땀을 뻘뻘 흘렸다. 흙먼지를 일으키며 이동하는 노새 떼 같았다. 희뿌연 먼지를 뒤집어 쓴 꼴이었다. 온통 검은색이었다. 무겁고 시커먼 어깨 자락 위로 굵은 땀방울이 뚝뚝 떨어졌다. 땡볕 속에서 기도를 하며, 성가를 부르며 아물라 쪽에서 걸어오고 있었다.

나는 그들을 지켜보다가 일단 피신했다. 그들이 오는 이유가 무엇인지, 그들이 찾는 사람이 누군지 알고 있기에, 다급히 바지를 챙겨서 축사 안쪽으로 깊숙이 몸을 숨겼다.

그러나 그들은 기어이 축사까지 들어와 소리쳤다. "아, 어쩜 이럴 수가!"

나는 그들이 나를 덮치지 못하도록 바지춤을 내린 채 쪼그린 자세로 바윗돌 위에 앉아 있었다. 그러나 그들은 막무가내였다. "어쩜 이럴 수가!" 그러면서 거침없이 다가섰다.

이런 불경스러운 할망구들 같으니! 부끄러운 줄 알아야지! 그러나 그들은 한꺼번에 달려들어 나를 덮쳤다. 이슬비를 맞은 듯 땀으로 범벅이 된 그들의 얼굴에 머리카락이 찰싹 달라붙어 있었다.

"루까스 루까떼로, 우리는 당신을 만나러 왔어요. 당신 얼굴 하나 보자고 아뮬라에서 여기까지 온 거라고요. 이 근방 사람들이 집에 있을 거라더군요. 하지만 방도, 살림도 없는 곳에 이렇게 깊숙이 처박혀 있으리라곤 꿈에도 몰랐네요. 우리는 당신이 암탉에게 모이를 주러 간 줄 알고서 들어온 거예요. 우리는 당신을 만나러 왔어요."

이런 할망구들 같으니! 늙은 데다 노새마냥 못생긴 년들이 뭘 어쩌겠다고!

"대체 원하는 게 뭐요?" 나는 바지춤을 추켜올리며 물었다. 그들은 민망한 내 꼴을 안 보려고 눈을 질끈 감았다.

"할 일이 있어요. 우린 당신을 찾아 산또산띠아고와 산따이네스를 돌아다녔지만, 이미 이 목장으로 떠났더군요. 그래서 여기까지 왔어요. 아뮬라에서 오는 길이라고요."

나는 이미 그들이 어디서 왔는지, 그들이 누구인지 알고 있었다. 아니, 그들의 이름까지 줄줄 외울 수 있지만 짐짓 딴전을 피웠다.

"루까스 루까떼로, 결국 당신을 찾았네요. 하느님 덕분에요."

나는 그들을 낭하로 데려갔다. 그리고 의자를 내오면서 시

장하지 않느냐고, 항아리 물이지만 목을 축이지 않겠느냐고
물었다.

그들은 의자에 앉아 어깨에 떨어진 땀을 닦으면서도 물은
거절했다.

"고맙지만, 우린 폐를 끼치러 온 게 아니라 일이 있어 왔어
요." 그들 중의 한 명이 나섰다. "이봐요, 루까스 루까떼로 씨,
나, 아세요?"

"글쎄." 나는 시치미를 뗐다. "어디서 봤던 것 같은데. 혹시
빤차 프레고소 씨 아니오? 오모보노 라모스가 도둑질하도록
내버려 두었던."

"그래요, 바로 나예요. 하지만 나는 도둑맞은 게 없어요. 그
건 죄다 만들어 낸 말이에요. 우리가 선인장을 찾다가 잃어버
린 거라고요. 나는 종단 회원으로, 어떤 식으로든 불미스러운
일은 용납하지 않았을……."

"뭐라고요? 빤차, 당신이?"

"어머! 루까스, 어떻게 그런 나쁜 생각을? 당신은 그 못된
버릇을 여전히 못 고쳤군요. 여하튼 나를 알고 있으니, 우리가
여기 온 이유나 얘기해야겠네요."

"그전에 물이라도 마셔야 하지 않겠소?" 나는 재차 그들에
게 물었다.

"폐를 끼치고 싶진 않지만, 자꾸 그러시니 거절만 할 수도
없네요."

나는 그들에게 도금양 즙이 담긴 항아리를 가져다주었다.
그들은 단숨에 항아리를 비웠고, 내가 다시 가져다준 독까지

비웠다. 나는 마지못해 강물이 담긴 독까지 내놓았다. 그러나 이번에는 음식을 먹은 뒤라 목이 말랐던 것뿐이라며 마시지 않았다.

도합 열 명의 여자가 검은 옷차림으로 열을 지어 앉아 있는데 하나같이 흙먼지를 뒤집어쓴 돼지 같았다. 그들은 뽄시아노, 에밀리아노, 끄레스센시아노, 선술집 주인 또리비오, 이발사 아나스따시오의 여식들이었다.

빌어먹을 할망구들 같으니! 몸이라고 성한 데가 없었다. 다들 오십 대로 꺾어지는 나이였다. 하나같이 쭈글쭈글한 게 바짝 말라붙은 목련 같았다. 어디 하나 건질 게 없었다.

"여긴 어쩐 일들이시오?"

"당신을 보러 왔어요."

"이제 봤잖소. 보다시피 난 좋아요. 내 걱정은 마시오."

"참 멀리도 왔네요. 이렇게 감추어진 곳까지. 주소도 없고, 당신을 아는 사람 하나 없더군요. 수소문도 해 보고, 진짜 당신을 찾느라 무진 애를 썼다고요."

"나는 숨지 않아요. 여긴 내가 좋아서 살고 있소. 사람들 등쌀에 못 견딜 일도 없거든. 그건 그렇고, 무슨 일로 왔소?"

"그게 그러니까……, 아, 우리 식사 때문에 신경 쓸 필요까진 없어요. 우린 이미 밥을 먹었거든요. '땅비둘기'의 집에서 말예요. 거기서 식사를 내주더군요. 그러니 그건 당신이 알아서 하고, 일단은 여기, 우리 앞에 좀 앉도록 해요. 그래야 우리는 당신을 똑똑히 볼 수 있고, 당신은 우리 얘기를 잘 들을 거 아니에요."

나는 심기가 불편했다. 다시 축사로 들어가고 싶었다. 그때 암탉들 울음소리가 들렸다. 토끼들이 건들기 전에 계란을 거두어들여야 했다.

"계란을 가지러 가야겠소."

"우리는 정말 식사했어요. 그러니 우리 때문에 신경 쓰지 말아요."

"토끼 두 마리를 풀어 놓았더니 계란을 먹어 치우는 바람에. 금방 돌아오겠소."

나는 축사로 갔다.

돌아갈 생각은 없었다. 언덕으로 나 있는 문을 빠져나가 저 악당 같은 여자들로 하여금 허탕을 치게 만들 참이었다.

나는 한쪽 구석에 쌓여 있는 돌무더기로 눈길을 가져갔다. 영락없는 돌무덤이었다. 나는 돌무더기를 흐트러뜨린 다음, 사방으로 흩뿌리듯 던지기 시작했다. 강에서 주워 온 자갈이라 멀리까지 던질 수 있었다. 젠장, 유다 같은 할망구들 같으니! 예전에는 나에게 일거리를 주더니. 하지만 날 찾아와서 뭘 어쩌겠다는 건가.

나는 토끼를 내쫓고 계란을 거두었다.

나는 가져온 계란을 그들에게 나누어 주었다.

"토끼들을 죽였나요? 당신이 돌팔매질하는 거 여기서 다 지켜봤어요. 계란은 나중을 생각해서 일단 받아 둘게요. 일부러 신경 쓰지는 마세요."

"거기, 계란은 젖가슴에 품는 것보다는 밖에 내놓는 게 나을 거요."

"아, 어쩜 이럴 수가! 루까스 루까떼로, 당신은 그 고약한 말버릇을 영원히 못 고칠 거예요. 게다가 우리 몸은 그렇게 뜨겁지 않아요."

"그건 내가 알 바가 아니오. 하지만 여기만 해도 바깥이 더 뜨겁다는 건 분명해요."

내가 원한 것은 어떻게든 그들을 쫓아내는 것이었다. 그들로 하여금 딴생각을 품게 만드는 한편, 그들을 내 집에서 쫓아내고, 그들이 다시는 나를 찾아올 엄두를 내지 못할 방도를 찾는 것이었다. 그런데 어찌된 일인지 아무런 생각도 떠오르지 않았다.

사실 나는 그들이 1월부터, 그러니까 아나끌레또 모로네스가 사라진 뒤에 나를 찾고 다닌다는 사실을 알고 있었다. 아물라의 종단 여자들이 내 뒤를 쫓고 있다고 귀띔한 사람의 말은 틀리지 않았던 것이다. 물론 그들이 관심을 갖는 것은 내가 아니라 아나끌레또 모로네스였다.

그런데 그런 그들이 지금 나와 함께 있다.

나는 그들이 밤이 깊어져 돌아갈 때까지 이야기를 길게 끌거나 그들의 환심을 살 방법을 강구할 수 있었다. 내 집에서 밤을 지새우는 무모한 짓은 하지 않을 터니 말이다.

한동안 그 문제가 화제에 올랐다. 내가 공터를 가리키면서 잠자리는 걱정 말라고, 비록 땅바닥이지만 침구도 있다고 말하자, 뽄시아노의 딸이 해가 지기 전에 아물라로 돌아가야 한다면서 불거졌다. 그들은 이구동성으로 그럴 수는 없다고 말했다. 우리 집에서, 그것도 집 안에서 나와 함께 밤을 샜다는 사실이 알려지면 사람들에게 오해를 불러일으킬 게 뻔했다. 그건 안 되는 일이었다.

나는 일부러 대화를 길게 끌고 갔다. 그렇게 밤이 되고, 그들의 머릿속에 든 생각을 완전히 걷어 낼 때까지.

나는 그들 중의 한 명에게 물었다.

"당신 남편은 어떻게 지내요?"

"루까스, 난 남편이 없어요. 내가 당신 애인이었던 것도 기억 안 나요? 난 기다리고 기다렸어요. 내내 당신만 기다렸다고요. 당신이 유부남이란 건 나중에 알았어요. 그런 나를 어떤 남자도 거들떠보질 않더군요."

"그런 나는 어떻고? 문제는 내가 다들 나한테 떠맡긴 일에 차여 있었다는 거요. 그렇지만 우리에겐 아직 시간이 있소."

"하지만 루까스, 당신은 유부남이에요. 산또니뇨 님의 여식이 있잖아요. 왜 다시 남의 속을 뒤집어 놓는 거예요? 난 이미 당신을 잊었다고요."

"하지만 난 아니오. 그런데 당신 이름이 뭐였더라?"

"니에베스……. 내 이름은 지금도 니에베스예요. 니에베스 가르시아. 루까스, 날 울리지 말아요. 당신의 그 사탕발림 같은 약조만 떠올리면 치가 떨려요."

"니에베스……. 니에베스. 내 어찌 당신을 기억하지 못하겠소. 아직도 잊히지 않는 건……. 보드라웠지. 아직도 내 품에 안겨 있는 것 같은 느낌. 보드랍고 여린 몸. 나를 만날 때 입고 나온 옷에서 풍기던 녹나무 향. 함께했던 그 많은 시간. 내 품에 안길 때면 골수까지 녹아드는 것 같았는데."

"그만해요, 루까스. 어제 고해 성사를 받은 나를 나쁜 생각이 들게 만드는 것도 부족해서 아예 죄악으로 내몰 참이군요."

"내 당신 오금에 입 맞추던 순간들이 기억나는군. 거기는 안 된다고, 간지럽다고, 그러지 말라던. 거긴 아직도 움푹 패어 있소?"

"루까스 루까떼로, 그 입 닥쳐요. 하느님은 당신이 내게 했던 짓을 용서하지 않을 거예요. 그 대가를 단단히 치를 거라고요."

"내가 나쁜 짓을 했단 거요? 아니면 못되게 굴었다는 거요?"

"난 그것을 떼어 내야 했어요.[55] 사람들 앞에서 그런 얘기를 하면 안 되지만, 당신은 알아야 해요. 나로서는 떼어 낼 수밖에 없었다고요. 그건 마치 육포 조각을 뜯어내는 것 같은 짓이더군요. 그 아비가 한량인데, 내가 누구 좋으라고 원했겠어요?"

"그런 일이 있었소? 나는 모르던 일인데. 아, 잠깐, 다들 도금양 즙을 좀 더 마시지 않겠소?? 그거 만드는 데 얼마 안 걸리니, 다들 기다리시오."

나는 도금양을 꺾으러 다시 축사로 갔다. 그리고 거기서 최대한 시간을 벌며 그녀로 인한 불쾌한 기분을 가라앉혔다.

내가 다시 낭하로 돌아왔을 때, 그녀는 떠나고 없었다.

"갔소?"

---

55) 낙태를 의미한다.

"그래요, 갔어요. 당신이 울렸잖아요."

"난 그저 얘기를 나누려고 했을 뿐인데. 시간이나 때우려고. 그건 그렇고, 비가 오려면 아직도 멀었소? 거기, 아물라에는 곧 비가 올 텐데, 안 그렇소?

"맞아요. 그제는 소나기가 쏟아졌어요."

"거긴 역시 좋은 곳이 틀림없어. 비도 오고, 살기도 좋고. 여긴 구름마저 없으니. 아직도 로가시아노가 시장이오?"

"그래요, 아직."

"로가시아노는 호인이오."

"천만에, 사악해요."

"당신들 말이 맞을 수도 있겠군. 에델미로 얘기 좀 해 보시오. 그 양반 약국 아직도 닫혀 있소?"

"에델미로는 죽었어요. 아주 잘 죽었다고요. 이렇게 말하면 나를 나쁘다고 하겠지만, 그 인간 역시 사악해요. 그 인간은 니뇨 아나끌레또 님을 욕보였던 자들 중의 하나예요. 니뇨 아나끌레또 님을 성추행과 마술, 사기로 고소했어요. 온 천지를 돌아다니며 떠들어 댔다고요. 하지만 사람들은 들은 척도 안 했고, 결국 하느님은 형벌을 내렸어요. 그자도 우이따꼬체[56]처럼 미쳐서 죽었어요."

"우리는 하느님에게 기원했어요. 그자를 지옥으로 거두어 달라고."

---

56) 아주 높이 날며 감미로운 울음소리를 지닌 새로, 종종 급격한 환경이나 음식의 변화에 적응하지 못해 죽는 것으로 알려져 있다.

"장작을 넣는 악마들이 쉴 수 없도록 해 달라고."

"판사인 리리오 로뻬스도 마찬가지예요. 그자는 산또니뇨 님을 감옥으로 보냈어요."

이제 이야기하는 쪽은 그들이었다. 나는 그들이 원하는 것을 마음껏 지껄이도록 내버려 두었다. 굳이 끼어들지 않아도 그런 식으로 시간은 슬슬 흘러갈 터였다. 그러던 그들이 나에게 불쑥 물었다.

"우리랑 함께 가지 않겠어요?"

"가긴, 어디로 간단 말이오?"

"아뮬라. 그래서 여기 온 거예요. 당신을 데려가려고."

한동안 축사로 다시 가고 싶은 마음이 일었다. 언덕이 나오는 축사 문을 열고 나가, 그 길로 사라지면 그것으로 끝이었다. 이런 망측한 할망구들 같으니!

"빌어먹을 아뮬라에 가서 내가 뭘 해야 하는데?"

"우리의 청원에 함께해 주었으면 해요. 우리 니뇨 아나끌레또 종단의 모든 신도는 그분을 시성(諡聖)하기 위한 기도회를 열었어요. 더욱이 당신은 그분의 사위잖아요. 우리는 당신 같은 증인이 필요해요. 사제가 그러더군요. 그분이 기적을 일으킨 것으로 유명해지기 전에 가까이서 모셨거나, 그분을 잘 아는 증인을 데려오라고. 그러니 당신보다 더 나은 증인이 어디 있겠어요? 당신은 그분 곁에서 지냈고, 그분이 행했던 그 많은 자비를 누구보다 잘 알고 있잖아요. 그래서 당신이 필요해요. 이번 부흥회에 우리랑 함께해야 한다고요."

이런 염병할 할망구들 같으니! 진작 그렇게 말할 것이지.

"난 갈 수 없소. 우리 집을 봐줄 사람도 없고."

"그럴 줄 알고 미리 대책을 세워 두었어요. 여기에 여자 둘이 남을 거예요. 당신 아내도 있잖아요."

"난 아내가 없소."

"진짜 없다고요? 니뇨 아나끌레또 님의 따님은?"

"떠났소. 내가 쫓아냈거든."

"루까스, 어쩜 그럴 수가. 그 가엾은 따님은 지금 어디에선가 고생하고 있을 거예요. 얼마나 착한데. 젊고, 예쁘고. 루까스, 어디로 보냈어요? 하다못해 '참회자 수도원'에만 넣었어도 좋으련만."

"어디에도 집어넣지 않았소. 내쫓은 거지. 확신컨대 수도원엔 없소. 그 여자는 떠들썩하고 난잡한 걸 좋아하거든. 보나마나 그런 데를 떠돌고 있을 거요. 툭하면 바지춤을 까 내리는 곳 말이오."

"루까스, 우리는 당신 말을 안 믿어요. 아무리 그래도 안 믿는다고요. 어쩌면 여기, 이 집 어딘가에 갇힌 채 혼자 기도하고 있는지도 모르겠네요. 당신은 거짓말을 밥 먹듯 하고, 없는 말까지 지어냈잖아요. 불쌍한 에르멜린도의 딸들만 해도 그래요. 거리에 나갈 때마다 사람들이 휘파람으로 「매춘부들」이라는 노래를 불러 대는 통에 엘그루요로 떠나야 했어요. 그게 다 당신의 농간 때문이라고요. 그러니 루까스, 당신 말은 하나도 믿을 수가 없어요."

"그러니까 내가 아물라로 가 봤자 쓸모없는 거 아니오."

"먼저 고해부터 하세요. 그러면 만사가 해결되니까. 고해

성사 안 한 지 얼마나 됐어요?"

"이런! 한 십오 년은 됐을걸. 끄리스떼로들이 날 총살시키려고 했을 때부터니까. 그자들이 카빈총을 내 등짝에 들이대며 사제 앞에 무릎 꿇게 만드는 통에, 나는 안 했던 짓까지 털어놓아야 했거든. 따라서 그 순간까지는 고해를 한 거요."

"루까스, 당신이 산또니뇨의 사위가 아니었으면, 우리가 이렇게 찾지도 않았고, 이런 부탁도 안 했을 거예요."

"그러니까 내가 아나끌레또 모로네스를 도왔다, 그거군요. 그 양반은 진짜 살아 있는 악마였소."

"불경하게 굴지 말아요."

"문제는 당신들이 그 양반을 잘 몰랐다는 거요."

"우리는 그분을 성자로 알고 있어요."

"하지만 성자를 팔아먹은 자라는 사실을 몰랐던 거요."

"루까스, 무슨 말을 하고 싶은 거예요?"

"그건 당신들이 몰라서 하는 소리라는 거요. 그 양반은 성자들을 팔고 다녔소. 장터나 교회 문 앞에 말이오. 나는 짐 보따리를 챙겼고.

우리는 함께 다녔소. 마을과 마을을 전전했지. 그 양반이 앞장을 서면, 나는 빤딸레온 성자와 암브로시오 성자, 빠스꾸알 성자 구일제에 필요한 옷이나 물건을 챙겼는데, 그 무게만 줄잡아 30킬로그램이 넘더군.

하루는 순례자들을 만났소. 아나끌레또가 어떤 개미집 위에 무릎을 꿇고 앉아서 나한테 혀를 어떻게 깨물면 개미가 물지 않는지를 가르쳐 주는데, 때마침 순례자들이 지나간 거요.

그들이 호기심을 못 참고 그 양반을 지켜보더니 묻더군. '어떻게 하면 개미한테 물리지 않고서 개미집 위에 앉아 있을 수 있느냐?'라고.

그러자 그 양반이 팔짱을 끼고는 이제 갓 로마에서 도착했다면서 능청스럽게 이야기를 풀기 시작하더군. 로마에서 어떤 메시지를 가져왔다고, 자기는 예수 그리스도가 처형당했던 '성 십자가'를 지키던 문지기였다고.

그러자 순례자들이 그 양반 팔을 부축해서 일으켜 세우더니 데려갔지요. 아불라까지 걸어서 말이지. 그걸로 모든 건 결론이 난 거나 다름없었소. 사람들이 기적을 보여 달라며 그 양반 앞에 무릎을 꿇었으니까.

그것은 시작에 불과했어요. 그때부터 그 양반을 보려고 무수한 순례자들이 몰려드는데, 나는 그들을 상대로 사기 행각을 벌이던 그 양반을 지켜보면서 벌린 입을 다물지 못한 채 살았소."

"당신은 입만 살아 있고, 거기다가 불경스러운 짓까지 서슴지 않는군요. 루까스, 당신은 그분을 만나기 전에 뭘 하던 사람이었어요? 돼지 몰이꾼이었잖아요. 하지만 그분은 당신을 부자로 만들어 줬어요. 당신이 지금 갖고 있는 것을 주셨고요. 그런데도 당신은 그분에 대해 좋은 말은 한마디도 안하는군요. 이런 철면피 같으니라고."

"거기까지만, 그러니까 그 양반이 내 배고픔을 잊게 해 준 건 고맙게 생각하고 있소. 그렇지만 그게 그 양반이 살아 있는 악마였다는 걸 벗겨 주진 않아요. 그 양반은 어디 있더라도,

어딜 가더라도 그럴 테니까."

"그분은 하늘나라에 계세요. 천사들 사이에서. 당신한테는 안 됐지만, 그분이 계신 곳은 거기라고요."

"난 감옥에 있는 걸로 알고 있었는데."

"그건 아주 오래전 일이에요. 거기서 탈옥했거든요, 흔적도 없이 사라졌다고요. 이제 그분의 육신과 영혼은 하늘에 있어요. 하늘에서 우리한테 은총을 베풀고 있어요. 자, 여러분, 무릎을 꿇으세요! 우리 다함께 '주여, 우리는 참회자입니다.'라고 기도해요. 산또니뇨 님이 중재자가 되어 우리의 죄를 씻어주도록 말이에요."

그러자 그들이 무릎을 꿇었다. 그리고 각자가 '주기도문'이 새겨진 목걸이에 입을 맞추었는데, 거기에는 아나끌레또 모로네스의 초상이 수놓아져 있었다.

오후 3시였다.

나는 그 틈을 타서 주방으로 가 또르띠야에 프리홀레스[57]를 싸 먹었다. 내가 다시 돌아왔을 때는 다섯 명이 남아 있었다.

"다들 어딜 간 거요?" 내가 물었다.

그러자 빤차가 자신의 턱에 달린 수염 네 가닥을 만지작거리며 대답했다.

"떠났어요. 당신과는 말하고 싶지 않대요."

"잘됐군. 입이 적을수록 먹을 게 많아지니까. 자, 도금양 즙이나 더 들겠소?"

---

57) 길쭉한 콩 수프.

그들 중의 한 여자, 그러니까 평소에 말 한마디 없는, 그래서 '시체'라는 저주스러운 별명으로 불리는 필로메나가 손가락을 입 안으로 밀어 넣더니 화분 위에 게워 내기 시작했다. 아까 마셨던 도금양 즙이며, 채 소화되지 않은 치차론[58] 조각과 우아무칠[59] 알갱이까지 몽땅.

"이런 불경한 인간 같으니. 이깟 도금양 즙이 뭐라고. 당신한테선 아무것도 원하지 않아요."

그녀는 내가 나누어 준 계란도 의자에 내려놓았다.

"당신 거라면 아무것도 필요 없어요! 차라리 가겠다고요!"

이제 남은 사람은 네 명이었다.

"나도 역겹네요." 이번에는 빤차가 나섰다. "하지만 참겠어요. 어떤 대가를 감수하더라도 당신을 아물라로 데려가야 하니까.

루까스, 당신은 산또니뇨 님의 신성을 증언할 유일한 사람이에요. 그분은 당신의 영혼을 정화시킬 거예요. 우리가 그분의 성상을 교회에 모셨는데, 당신 잘못으로 거리로 내쫓긴다면, 그건 정당하지 못한 일이에요."

"다른 사람을 찾으시오. 나는 그런 장례식에서 밤을 새고 싶지 않소."

"당신은 그분의 아들이나 다름없었어요. 당신은 신성을 물려받았어요. 그분은 당신한테 영속할 눈도 주었어요. 따님까

---

58) 돼지 껍데기 튀김.
59) 콩과에 속하는 식물로, 열매는 식용이다.

지 안겨 주었잖아요."

"그렇소. 하지만 이미 영속화된 여자였소."

"맙소사, 지금 무슨 말을 하는 거예요, 루까스."

"말 그대로요. 그 양반은 적어도 넉 달을 데리고 있다가 나한테 주었거든."

"하지만 신성이 묻어났잖아요."

"순전히 썩는 냄새만 나더군. 그 여자는 사람들 앞에서 자기 배를 가리켰소. 잔뜩 불어나는 배를, 배 속의 자식이 크면서 검붉게 변하는데도 말이지. 다들 웃더군. 그들을 비웃게 만든 거지. 철면피. 아나끌레또 모로네스의 딸자식이 바로 그런 여자요."

"이런 불경스런 인간 같으니. 당신은 그런 말을 할 입장이 아니에요. 당신에겐 마귀를 쫓아내는 성모상 목걸이를 선물해야겠네요."

"하지만 그 여자는 그들 중의 한 남자와 떠났소. 그자는 그 여자를 좋아한다면서 이렇게 말했다더군. '나는 기어코 당신 자식의 아버지가 될 거요.'라고. 그렇게 그 남자와 떠났던 거요."

"그 따님은 산또니뇨 님의 결실이었어요. 당신은 그 어린 따님을 선물받은 거고요. 루까스, 당신은 풍요로운 신성으로 태어난 따님의 주인이었다고요."

"어디서 헛소리를!"

"뭐라고요?"

"아나끌레또 모로네스 딸의 배 속에는 아나끌레또 모로네스의 아들이 들어 있었소."

"당신은 못된 죄를 전가하려고 없는 일을 지어냈어요. 항상 그랬다고요."

"그래요? 다른 여자들은 나한테 뭐라고 하는데. 그 양반은 이 세상에 처녀가 남아 있지 않게 만들었소. 밤새 자기를 지켜 주도록 요구하면서."

"그건 순결을 위해서 그런 거예요. 죄악으로 더럽히지 않도록 말이에요. 그분은 자신의 영혼에 흠집을 남기지 않고자 결백으로 에워싸이고 싶어 했어요."

"그건 그 양반이 불러 주지 않은, 당신들 같은 여자들 생각이오."

"나는 불렀거든요." 멜끼아데스라는 여자가 나섰다. "나는 밤새 그분의 꿈을 지켰어요."

"그래서 어찌 되었소?"

"아무 일도 없었어요. 기적을 일으키는 그분의 손이 냉기를 느끼는 시간에 나를 어루만져 주더군요. 그래서 나는 그분의 따스한 손길에 고맙다고 인사했고요. 하지만 그게 다예요."

"그건 당신이 늙어서 그런 거요. 그 양반은 어린 여자를 좋아하거든. 마치 땅콩 껍질 깔 때 나는 소리 같은, 여린 뼈마디가 부서지는 소리를 좋아한단 말이오."

"루까스, 당신은 저주받은 무신론자예요. 가장 못된 인간들 중의 하나라고요."

우리의 대화는 항상 질질 짜서 '고아'라는 별명을 지닌 여자의 이야기로 넘어갔다. 그녀는 그들 중에서 가장 나이가 많았다. 그녀가 눈물을 글썽이며 손을 부르르 떨고 있었다.

"나는 고아인데, 그분은 고아인 나를 달래 주었어요. 나는 그분한테서 내 아버지와 어머니의 모습을 다시 찾았어요. 그분은 내가 그 무거운 고통을 내려놓도록 밤새 나를 어루만져 주더군요."

그녀의 눈에서 눈물이 주르륵 흘러내렸다.

"그렇다면 울어선 안 되잖소." 내가 말했다.

"내 부모님은 죽었어요. 나를 이 세상에 혼자 놔두고요. 이 나이에 고아는 누구 도움을 받는 게 너무 힘들어요. 나 같은 여자에게 행복한 밤이 있다면, 그건 니뇨 아나끌레또 님의 품 안에서 위로를 받는 거예요. 그런데 당신은 그분에 대해 나쁘게만 말하는군요."

"그분은 성자예요."

"은총을 베푸시는 분이에요."

"우리는 당신이 그분의 역사를 지속해 주길 바라고 있어요. 당신은 그분의 모든 걸 물려받았잖아요."

"나한테 물려준 것은 악으로 가득 찬 유다의 보따리였소. 그 여자는 미쳤거든. 당신들만큼 늙진 않았지만, 아주 미친 여자였거든. 다행이라면, 떠났다는 거요. 내가 직접 문을 열어 주었소."

"이단자! 당신은 요설을 지어내고 있어."

그쯤에서 여자들은 두 명만 남았다. 다른 두 여자는 나에게 십자가를 들이대며 푸닥거리를 하기 위해 반드시 돌아오겠다는 말을 남기고 연이어 떠났다.

"니뇨 아나끌레또 님이 기적을 일으키는 분임을 부정하지 마세요." 아나스따시오의 딸이 말했다. "나한테까지 부정해선 안 된다는 거예요."

"자식을 만드는 건 기적이 아니오. 그건 그 양반의 강점일 뿐이지."

"그분은 매독에 걸린 내 남편을 고쳐 주었어요."

"당신에게 남편이 있다는 건 모르고 있었군. 당신은 이발사인 아나스따시오 씨의 여식 아니오? 내가 알기로 따초[60]의 딸은 독신녀였는데."

"난 독신녀지만 남편이 있어요. 한쪽은 아가씨가 되는 거고, 다른 한쪽은 독신녀가 되는 거, 당신도 알잖아요. 물론 나는 아가씨가 아니고 독신녀예요."

"미까엘라, 당신 나이에 그렇게 했다는 거군요."

"그래야 했어요. 무엇이 나를 아가씨로 살고 싶게 하겠어요. 나는 여자예요. 여자는 받은 것을 주기 위해 태어나는 거예요."

"아나끌레또 모로네스와 똑같이 말하는군."

"그래요, 그분이 그렇게 충고했어요. 간 부종을 해독시킨다면서요. 그래서 어떤 남자와 함께했어요. 나이 오십에 처녀로 남는 것은 죄악이에요."

"아나끌레또 모로네스가 그랬군."

"그래요, 그분이 한 말이에요. 하지만 오늘은 다른 일로 왔

---

60) '아나스따시오'를 축약해서 별명처럼 부르는 이름.

어요. 당신은 우리와 함께 돌아가서 그분이 성자라는 걸 서명해야 해요."

"나는 왜 성자가 안 되는 거요?"

"당신은 기적을 일으킨 적이 없으니까. 그분은 내 남편 병을 고쳤어요. 그건 내가 증명해요. 당신 혹시 매독에 걸린 사람을 치료한 적 있어요?"

"없소. 매독이 뭔지도 모르오."

"그건 괴저병 같은 거예요. 남편 몸이 동상에 걸린 것처럼 검붉게 변하더군요. 잠도 못 자고요. 모든 게 시뻘겋게 보인다더라고요. 마치 지옥 문 앞에 서 있는 것 같다면서. 나중에는 아파서 펄쩍펄쩍 뛰게 만드는 고열에 시달렸어요. 그래서 니뇨 아나끌레또 님을 찾아갔는데, 그분은 물 갈대에 불을 붙여 온몸을 그슬리더니 환부에 자기 침을 바른 뒤에 떼어 내더군요. 그렇게 해서 싹 나았고요. 자, 이제 기적이 아니라고 말해 보시지그래요."

"홍역을 앓은 거요. 어렸을 때 홍역에 걸렸는데, 나한테 침을 발라 주더군."

"아까도 말했지만, 당신은 심판받은 무신론자군요."

"나는 아나끌레또 모로네스가 나보다 나쁜 인간이란 것을 위안으로 삼고 있소."

"그분은 당신을 자식처럼 대했어요. 그런데도 당신이 감히……. 차라리 안 듣는 게 낫지. 더 이상은. 난 가겠어요. 빤차, 여기 남을 거예요?"

"조금 더 남아 있을게요. 나라도 마지막까지 싸워야죠."

"이봐요, 프란시스까, 다 가 버리고 당신 혼자 남았군. 오늘 나랑 함께 잘 생각이지, 안 그렇소?"

"꿈도 꾸지 말아요. 사람들이 어떻게 생각하겠어요? 내가 원하는 건 당신을 설득하는 거예요."

"그렇다면 서로를 설득해 보자고. 결국 당신이 지겠지만 말이오. 늙을 대로 늙어 버린 당신을 쳐다볼 사람은 하나도 없소. 당신 편조차 들어주지 않을 거요."

"나중에 사람들 입에서 말이 나오면, 다들 나쁜 쪽으로만 생각한다고요."

"제멋대로 생각하겠지, 뭘 어쩌겠소. 어찌 되든 당신 이름은 빤차일 테니까."

"좋아요. 여기 남겠어요. 하지만 날이 샐 때까지만 있겠어요. 그러니 아물라에 함께 가겠다고 약속해요. 그래야 밤새 당신을 설득했다고 둘러댈 수 있으니까. 안 그러면 나는 어떡해요?"

"좋소. 하지만 그전에 그 턱에 난 수염 좀 자르도록 하시오. 가위를 가져올 테니."

"루까스, 어쩜 나를 이렇게 조롱할 수가. 내 홈집만 쳐다보며 살 작정이군요. 수염은 놔둬요. 그래야 날 의심하지 않을 테니까."

"좋소, 알아서 하시오."

날이 어두워졌다. 그녀는 나를 도와 닭들을 치우고, 내가 사방으로 흩뿌리듯 던져 버렸던 돌을 날라다가 허물어진 돌무더기를 다시 쌓아 올렸다.

그녀는 그 돌무더기 밑에 아나끌레또 모로네스가 파묻혀 있다는 것조차 의심하지 않았다. 아나끌레또 모로네스가 감옥에서 나온 바로 그날 죽었다는 것조차 알 턱이 없었다. 그날, 그는 나를 찾아와서 자기 재산을 돌려달라고 말했다.

"다 팔게. 돈은 내게 주고. 노르뗴로 갈 생각이야. 거기 가서 편지를 쓰지. 우리 함께 다시 한 판 벌여 보자고."

"딸은 왜 안 데려가는 거요?" 내가 물었다. "내가 가진 모든 것 중에서 넘쳐 나는 게 있다면 바로 그거요. 그건 당신 거라고 했잖소. 그 사악한 속임수로 이젠 나까지 엮을 작정이군."

"두 사람은 나중에 오게. 내가 행선지를 보낼 테니까, 거기서 우리 일도 정리하자고."

"한꺼번에 정리하는 게 나을 텐데. 이번 기회에 깨끗하게 털어 내자고요."

"난 지금 장난칠 시간이 없어. 그러니 내 것을 내놓게. 얼마나 갖고 있나?"

"좀 있긴 한데, 내놓지 않겠소. 당신 딸이 벌였던 철면피한 짓 때문에 나는 카인처럼 지냈어요. 그러니 당신 딸을 지켜 준 대가로 생각하시오."

그가 역정을 냈다. 발로 땅바닥을 걷어차면서 서둘러야 한다고…….

"아나끌레또 모로네스, 부디 편히 쉬기를!" 나는 그를 땅에 파묻으면서, 돌무더기를 쌓기 위해 강에서 주운 돌을 축사로 나르면서 중얼거렸다. "당신이 갖은 수를 다 써도 여긴 못 빠져나올 거요."

그런데 이제 빤차가 나로 하여금 그 돌무더기의 중압감을 갖도록 돕고 있었다. 그 돌무더기 밑에 아나끌레또 모로네스가 파묻혀 있다는 것도, 내가, 그가 무덤에서 되살아나 나를 다시 괴롭힐 거라는 두려움에 사로잡혀 있다는 것도 모른 채. 그가 교활했던 술책으로 되살아날 거라는, 그리하여 거기서 빠져나올 방도를 찾게 될 거라는 생각은 추호도 없이 말이다.

"빤차, 돌을 더 얹어야겠어. 이쪽 구석을 떠 쌓아 올리라고. 나는 축사에 돌멩이가 널린 꼴을 도저히 두고 볼 수 없거든."

*

새벽녘이었다.

"루까스, 왜 이렇게 시시해요. 애정이라곤 털끝만치도 안 느껴지잖아요. 여자한테 그야말로 다정다감한 남자가 누군 줄 알아요?"

"누군데?"

"니뇨 아나끌레또. 진짜 섹스가 뭔지 알거든요."

# 룰포, 신화로 남은 작가

세계 문학사에서 단 한 편의 소설로 거장의 반열에 오른 작가가 있을까? 이러한 화두는 누구보다도 멕시코 문학을 단숨에 정상으로 끌어올린 작가, 나아가 오늘날까지 끊임없이 읽히고 재해석됨으로써 존재 자체가 신화로 남은 작가 후안 룰포에게 어울릴 것이다.[61]

룰포는 바르가스 요사와 가르시아 마르케스, 카를로스 푸엔테스, 홀리오 코르타사르, 카브레라 인판테 등이 주도한 이른바 '붐 세대'보다 훨씬 앞선 1940년대에 이미 독창적인 구조와 혁신적인 기법을 자신의 작품에 적용시키는 한편, 유일한 장편『뻬드로 빠라모』를 통해『백년의 고독』속 '마꼰도'의 모태

---

[61] 작가와 작품에 대한 보다 구체적인 설명은 민음사 세계문학전집『뻬드로 빠라모』를 참조할 것.

가 된 유령의 세계 '꼬말라'를 창조하여 라틴 아메리카 문학의 전유물인 '마술적 리얼리즘'을 각인시킨다. 특히 150쪽(600매)도 안 되는 『뻬드로 빠라모』에는 일흔 개의 단편들이 파편처럼 흩어지거나 느닷없이 단절되는 낯선 구조 속에서 삶과 죽음이, 과거와 현재가, 현실과 비현실이 모호해지면서 이중적인 해석을 요구하는데, 이러한 원형성과 신화성은 작가를 라틴 아메리카의 또 다른 전유물인 '환상 문학'의 대가 보르헤스와 더불어 라틴 아메리카 현대 소설 문학의 토대이자 양대 기둥으로 불리게 만든다.

가르시아 마르케스는 룰포의 작품을 처음 대했던 순간의 충격을 이렇게 증언한다.

"……알바로 무티스가 책 한 꾸러미를 손에 들고 계단을 성큼성큼 걸어 올라와 7층에 있는 내 집으로 들어서더니, 그중 가장 작고 분량이 적은 책 한 권을 추리고는 숨넘어가는 소리로 킥킥거렸다. 젠장, 이거 좀 읽고 배우라고! 『뻬드로 빠라모』였다. 그날 밤 나는 그 책을 두 번이나 읽었다. 잠을 이룰 수가 없었다. 십여 년 전에 보고타의 싸구려 펜션에서 카프카의 『변신』을 읽었던 무시무시한 밤 이후로 그런 기분을 느낀 적이 없었다……."

그즈음 아무것도 쓸 수 없었던 가르시아 마르케스는 카를로스 푸엔테스와 함께 룰포의 단편을 스크린에 옮기는 시나리오 작업에도 참여하는데, 그가 나중에 『백년의 고독』을 쓰게 된 것은 결코 우연이 아니었던 것이다.

## 『불타는 평원』, 폭력과 죽음

후안 룰포의 독창적인 문학은 『불타는 평원』[62]에서 시작된다. 『뻬드로 빠라모』보다 두 해 앞선 1953년에 출간된 이 단편집은 문학 잡지 《아메리까》와 《빤》에 실렸던 일곱 편을 포함하여 열다섯 편이었으나, 1970년 개정판에 단편 「난장판이 벌어진 날」과 「마띨데 아르깡헬의 유산」이 수록되면서 열일곱 편으로 묶여진다.

룰포의 단편집은 『뻬드로 빠라모』와 함께 멕시코 혁명(1910~1917)과 끄리스떼라 반란(1926~1928)의 여운이 채 가시지 않은 20세기 초반을 시대적 배경으로 삼고 있다. 그 시기는 부르주아 권력과 토호 세력의 수탈에 반기를 들었던 민중들이 지도자들의 내분으로 인해 좌절된 혁명 앞에서 더 이상 기대할 수 없는 암담한 현실과 미래에 절망하던 때이다. 작가 룰포가 태어나고 성장한 할리스꼬 주 일대 역시 격변기에서 예외일 수 없다. 그들은 삶의 터전을 포기한 채 산업화가 진행되던 대도시로 떠나거나 북쪽(미국, 「빠소델노르떼」)으로 향하고, 남은 자들은 가난과 죽음을 숙명으로 받아들이는 비참한 현실

---

62) 이 책의 제목은 본래 룰포가 자신에게 많은 이야기를 들려주었던 삼촌에게 바친다는 의미에서 '셀레리노 삼촌의 이야기들'로 붙일 생각이었다. 최종 결정된 제목은 원어로 'El Llano en llamas'인데, 여기서 '야노(Llano)'는 고유 명사로, 할리스꼬 주와 인접한 나야리뜨 주에 속한 평원 지대를 뜻한다. 여기서는 'llano'의 사전적 정의인 '평원'을 고려하여 '불타는 평원'으로 옮긴다. (참고로, 영어판은 'The Burning Plain and other Stories'에서 'The Plain in Flames'으로 바뀌었다.)

에서 삶을 영위한다. 물론 룰포의 문학은 후기 혁명 소설(「불타는 평원」이나 「그들은 우리에게 땅을 주었다」, 「혼자 남겨진 밤」등)로 분류되기도 하지만, 의식의 흐름이나 내적 독백, 플래시백이나 페이드아웃, 시간과 시점의 혼재 같은 새롭고 독창적인 현대 소설 기법이, 나아가 현실을 포착하는 모티브가 당대의 작가들과 궤를 달리한다. 비평가들은 이러한 룰포의 혁신적인 문학을 흔히 포크너와 비교하는데, 특히 훌리오 오르테가는 라틴 아메리카 현대 소설 문학의 시작으로 단정하면서 '붐 세대'의 스승이자 아버지로 일컫는다. 한편, 룰포가 『불타는 평원』에서 주목한 것은 혁명 자체에 대한 기록이나 연대기가 아니라 메마르고 척박한 황무지와 그곳에서 고단한 삶을 영위하는 인간들이다. 그들에게서 가난과 폭력, 그들의 내면에서 존재의 고립과 고독 그리고 죽음을 보았던 그는, 특유의 향토색 짙은 방언과 서정성 깃든 시적 언어로, 극적인 독백 혹은 독백 같은 대화로 노벨상 수상 시인인 옥타비오 파스의 지적처럼 멕시코의 이미지를, 나아가 인간 존재의 보편적인 이미지를 그려 내고 있다.[63]

단편집 『불타는 평원』을 개략하면, 먼저 단편집의 표제작이 된 가장 긴 분량의 「불타는 평원」과 「혼자 남겨진 밤」은 혁명의 씁쓸한 단면과 실상을, 「빠소델노르떼」와 「마띨데 아르깡헬의 유산」은 아버지와 아들의 불편한 관계를 통해 전통적

---

63) 룰포가 형상화한 멕시코의 이미지는 최근에 그의 사진집 『지하 세계(Inframundo)』(1981)와 함께 활발하게 재조명되고 있다. 그는 멕시코 전역을 아우르는 방대한 사진 자료를 소장했던 사진작가이기도 하다.

인 가부장적 사회와 남성우월주의 사회의 모순을 그린다. 어린 소년과 저능아의 목소리를 통해 진술되는 「우리는 너무 가난하답니다」와 「마까리오」는 풍요와 대비되는 빈곤과 배고픔의 부조리한 사회를, 「꼬마드레스 언덕」과 「새벽에」, 「기억해 봐」는 「그자」와 더불어 복수가 복수를 부르는 폭력의 허무함을 그리며, 「딸빠」는 죽어 가는 형을 데리고 불륜 상대인 형수와 함께 성지 순례에 나섰으나 막상 형이 죽자 태도가 돌변한 형수 앞에서 망연자실해 하는 인물을 통해 비뚤어진 욕망을 다룬다. 유쾌한 대화가 오가는 「난장판이 벌어진 날」은 지진으로 피해를 입은 지역을 방문한 주지사 일행의 기행을 상기하면서 권력의 위선을 풍자한다. 다른 작품들과는 전혀 다른 문체와 유머러스한 분위기를 자아내는 「아나끌레또 모로네스」는 사이비 교주와 추종자 사이의 수상한 관계를 통해 어지러운 사회상의 일면을 들추어낸다. 그리고 죽은 자들의 공간 '꼬말라'의 전조로 여겨지는 유령의 세계를 처음부터 끝까지 일인칭 독백 같은 대화로 묘사한 「루비나」와, 살인자와 추적자의 이야기가 병렬되다가 반전 같은 결말을 보여 주는 「그자」는 단편 문학이 지닐 수 있는 특성을 극대화시키는 룰포 문학의 진수를 보여 준다. 특히 「그들은 우리에게 땅을 주었다」는 혁명 후에 정부가 경작지라고 내준 척박한 황무지 앞에서 허탈해 하는 농민들의 암담한 현실을, 「나를 죽이지 말라고 해!」는 수십 년 전에 자신이 살해했던 자의 아들에게 보복을 당하는 한 노인의 회한과 절규를 담아 내고 있는데, 이 두 작품과 함께 죽어 가는 아들을 등에 업고 의사를 찾아 먼 길을 나선 아버지의 안타까운 마음과 안쓰러운 부자의 대화가 어두운 색채의 판화처럼 묘사된「너는 개 짖는 소리를 못 들은 거야」는 세계적인 걸작 단편들로 꼽힌다. 일례로, 귄터 그라스는 1982년에 베를린을 방문한 룰포와 함께「너는 개 짖는 소리를 못 들은 거야」를 각각 독일어와 에스파냐어로 낭독하면서 단편 문학 장르의 최고봉으로 극찬한다.

이러한 룰포의 단편집에 대해서는 1967년부터 오랫동안 멕시코에 머물렀던 프랑스 작가 르 클레지오의 생생한 증언을 들어 볼 만한데, 그는 훗날 자신이 쓴 프랑스어 판『불타는 평원』서문(1999)에서 이렇게 말한다.

"1945년 7월, 지방 문학지인《빤》에서 험프리 보가트를 연상시키는 얼굴에 어딘가 우수에 찬 눈빛을 지닌, 할리스꼬 주의 조그만 마을 아뿔꼬 출신인 (중략) 서른 살 사내가 당시만 해도 별로 주목받지 못한, 그러나 멕시코 문학사를 변혁시키고 세계적으로 자신의 이름을 알리게 될 단편「그들은 우리에게 땅을 주었다」를 발표했다. (중략) 어쩌면 그것은 룰포의 짧고 동시에 집중적인 문학 여정의 시작이었을 것이다. 그로부터 팔 년 후에 나올,『불타는 평원』에 포함되기 전에 발표된 단편들 중에서 가장 훌륭한「나를 죽이지 말라고 해!」를 기다려야 했지만 말이다. (중략) 단편집에 이어 1955년에 꼬말라의 한 토호의 죽음의 연대기인, 나중에 소설가 가르시아 마르케스의『백년의 고독』의 제재가 될『뻬드로 빠라모』가 나온다. 룰포는 단 두 권의 책으로 전설로 남게 된 것이다."

룰포가 그의 작품을 통해 형상화한 멕시코의 이미지에서 간과해선 안 될 것은 바로 그 이면에 잠재된 폭력과 죽음이다. 인간이 집단 사회를 이루면서 시작된 폭력은 그의 작품에서 다양하게 드러나는데, 룰포는 국가와 지주의 폭력뿐만 아니라 급기야 일상에서 벌어지는 유무형의 폭력에 길들여진 채 보복과 죽음을 필연적인 운명으로 받아들이는 그들의 삶을 직시하며, 나아가 주요 배경이 할리스꼬라는 지엽적인 공간임에도 불구하고 혁명에 대한 입장이나 정치적 상황과는 일정한 거리를 둔 채 역사적으로 고착된 전 인류적이고 보편적인, 동시에 부정적인 '폭력'의 속성을 은유적인 언어로 그려 내고 있다.

## 룰포 문학에 대한 평가

어느 것 하나 놓칠 수 없는 룰포의 유일한 장편소설과 단편집은 자국에서 가장 많이, 끊임없이 읽히고 여전히 에스파냐어로, 동시에 50여 개의 언어로 번역(재번역)되고 끊임없이 재해석되며, 그의 문학은 '룰포 문학상'으로 계속되고 있다. 새로운 영어판을 번역한 일란 스테이번스는 "룰포처럼 과도하게 냉정하고 신중하고 예민한 산문을 사용하는 작가는 없다."라고 지난한 번역 작업의 고충을 토로하고 "룰포의 서술은 이야기보다는 대화 위주로, 사실상 거의 모든 작품에서 등장인물이 어떤 범죄를 털어놓거나 감추어진 감정을 들추어내는 연극적인 대화로 이루어져 있다"고 지적한다. 이는 언급했듯 당대로서는 혁명적인 창작 기법과 그의 문학이 지닌 상징성과 원형성의 무게 때문이다.

가르시아 마르케스는 룰포의 전작(全作)에 대해 "300쪽도 안 되는 분량임에도 꽉 차는 것 같은 그의 작품이 소포클레스에 대해 우리가 아는 것만큼이나 오래 지속될 것"이라고, 루이스 보르헤스는 『뻬드로 빠라모』를 "에스파냐어로 쓴 최고의 소설 중의 하나"라고, 특히 룰포에 정통한 수전 손택은 "룰포의 소설은 20세기 세계 문학의 걸작 중의 하나일 뿐만 아니라, 영향력이 가장 큰 작품 중의 하나"라고 평가한다. 또한 《가디언》은 『뻬드로 빠라모』를 에스파냐어권 작품 중에서 세르반테스의 『돈 키호테』, 가르시아 로르카의 『집시 가집』, 보르헤스의 『픽션들』, 가르시아 마르케스의 『백년의 고독』과 함께 세계 100대 픽션으로, 노르웨이 북 클럽은 노벨상 연구소의 자문을 구해 인류 역사상 가장 중요한 문학 작품 100선으로 선정한다.

그런데도 국내에서 룰포의 문학은 세계적인 명성에 비해 여전히 생소하다. 이는 룰포가 과작인 데다 그의 작품이 간헐적으로 소개된 탓도 없지 않으며, 라틴 아메리카 문학에 대한 편견이 여전히 존재하고, 그로 인해 본격적인 연구와 논의가 이루어지지 않았기 때문이다. 하지만 앞서 언급한 라틴 아메리카 '붐 세대'가 적어도 가르시아 마르케스와 바르가스 요사라는 걸출한 노벨 문학상 작가를 배출한, 그 어떤 문학 집단이나 동 세대가 이루지 못한 유례없는 문학적 성과를 거두었다는 피상적 결과만으로도 라틴 아메리카 문학에 대한 편견은 재고되어야 하며, 나아가 여기에는 그들의 효시이자 산파

역할을 수행한 룰포가 존재하고 있음을 간과해선 안 될 것이
다.[64]

마지막으로, 우리말 번역에 사용한 텍스트는 룰포 재단이
공식적으로 인정한 판본 *El Llano en llamas*(Editorial RM, 2005)
임을 밝혀 둔다.

2014년 8월

정창

---

[64] 역자가 룰포의 전작을 초벌 번역한 것은 1993년으로, 그로부터 거의 십
년 만에 『뻬드로 빠라모』가, 그로부터 다시 십여 년 만에 『불타는 평원』이 나
오게 되었다. 그러나 그때나 지금이나 생경하게 다가서는 룰포의 텍스트를,
특히 그의 시적 언어와 방언을 우리말로 온전히 재현하는 데 한계가 있음을
안타깝게 생각한다.

# 작가 연보

1917년    5월 16일 멕시코 할리스꼬 주 아뿔꼬(Apulco)에서 3남 1녀 중 둘째로 태어남.(본명은 Juan Nepomuceno Carlos Pérez Rulfo Vizcaino이며, 후안 룰포는 예명이다.)

1919년    룰포 가족 산가브리엘로 이주.

1923년    부친 피살.

1924년    초등학교 입학.

1925년    산호세피나 수녀원 학교로 전학.

1926년    한 사제가 개인 서가를 작가의 조모 집으로 옮긴 것을 계기로 글 읽기를 시작.

1927년    학업을 계속하기 위해 과달라하라로 이주. 기숙학교에 들어감. 모친 사망.

1930년    산가브리엘의 외가로 옮김. 초등학교 졸업.

1932년    기숙학교를 나옴. 과달라하라 대학 부속 중등학교

과정에 들어가려 했으나 당시 학교가 파업 중이라 포기.

1933년 과달라하라의 산일데폰소 수도원에서 학업을 계속함. 처음으로 멕시코시티로 여행.

1934년 중등 과정의 학업이 인정되지 않아, 산일데폰소 학교에서 청강. 사촌 댁에서 거주.

1936년 멕시코 국립 자치 대학교(UNAM)에서 청강. 내무부 이민국에서 근무. 근무 시간 후에 사무실에서 틈틈이 창작 활동을 함.

1938년 소설 「낙담에 빠진 아들(El hijo del desaliento)」을 쓰기 시작.

1940년 에프렌 에르난데스의 소개로 《로만세》에 「낙담에 빠진 아들」의 부분 원고를 가져갔으나, 발표되지 못함.

1941년 과달라하라로 이주.

1945년 《아메리까(América)》에 단편 「인생살이가 꼭 그렇게 심각한 것만은 아니다(La vida no es muy seria en sus cosas)」 발표. 잡지 《빤(Pan)》에 단편 「그들은 우리에게 땅을 주었다(Nos han dado la tierra)」와 「마까리오(Macario)」 발표.

1946년 멕시코시티로 옮기고, 타이어 회사에서 영업 사원으로 근무. 《아메리까》에 「마까리오」 재발표.

1947년 《아메리까》에 「우리는 너무 가난하답니다(Es que somos muy pobres)」 발표.

| 1948년 | 《아메리까》에 단편 「꼬마드레스 언덕(La cuesta de las Comadres)」 발표. 4월에 클라라 아파리시오 레예스와 결혼. 이후 자녀 네 명을 둠. |
|---|---|
| 1949년 | 첫 사진 작품 11편을 《아메리까》에 게재. |
| 1950년 | 《아메리까》에 단편 「딸빠(Talpa)」와 「불타는 평원(El Llano en llamas)」 발표. |
| 1951년 | 《아메리까》에 단편 「나를 죽이지 말라고 해!(¡Diles que no me maten!)」 발표. |
| 1952년 | 《마빠(Mapa)》에 '후안 델라 꼬사(Juan de la Cosa)'라는 가명으로 자신의 사진 작품이 들어간 글 「메뜨스띠뜰란(Metztitlán)」 발표. |
| 1953년 | 15편의 작품이 실린 단편집 『불타는 평원(El Llano en llamas)』이 FCE(Fondo de Cultura Económica) 출판사에서 출간됨. |
| 1954년 | 『뻬드로 빠라모』 원고 일부를 잡지 세 군데에 '속삭임들(Los murmullos)'과 '달 옆에 있는 별 하나(Una estrella junto a la luna)'라는 제목으로 발표. |
| 1955년 | FCE 출판사에서 『뻬드로 빠라모』 출간. 단편 「마띨데 아르깡헬의 유산(La herencia de Matilde Arcángel)」과 「난장판이 벌어진 날(El día del derrumbe)」 발표. 단편 「딸빠」를 각색한 첫 단편 영화 상연. |
| 1957년 | 『뻬드로 빠라모』로 '비야우루띠아 상(Premio Xavier Villaurrutia)' 수상. |

| 1958년 | 『뻬드로 빠라모』가 독일어로 처음 번역됨. 이후 대부분의 주요 언어로 번역됨. |
|---|---|
| 1960년 | 과달라하라로 이주. 텔레비전 방송국에서 근무. |
| 1962년 | 텔레비전 방송국 퇴직. 멕시코시티로 이주. |
| 1964년 | 영화「황금 수탉(El gallo de oro)」상영. 국립 인디오 협회에서 근무. |
| 1967년 | 『뻬드로 빠라모』가 영화화됨. |
| 1970년 | '국가 문학상(Premio nacional de letras)' 수상. |
| 1976년 | 멕시코 언어 학술원(Academia mexicana de la lengua) 회원으로 위촉됨. |
| 1980년 | 룰포에게 '국가 헌사(Homenaje nacional)'가 주어짐. 시나리오 작품집『황금 수탉, 영화 텍스트(El gallo de oro y otros textos para cine)』출간. |
| 1981년 | 사진 작품집『지하 세계(Inframundo)』출간. |
| 1983년 | 스페인 '아스뚜리아스 왕자 상(Premio prícipe de Asturias)' 수상. |
| 1986년 | 1월 7일 멕시코시티의 자택에서 타계. |

세계문학전집 **324**

# 불타는 평원

1판 1쇄 펴냄  2014년 8월 22일
1판 6쇄 펴냄  2023년 3월 14일

지은이  후안 룰포
옮긴이  정창
발행인  박근섭, 박상준
펴낸곳  (주)민음사

출판등록  1966. 5. 19. (제 16-490호)
서울특별시 강남구 도산대로1길 62(신사동) 강남출판문화센터 5층 (우편번호 06027)
대표전화 02-515-2000  팩시밀리 02-515-2007
www.minumsa.com

한국어 판 © (주)민음사, 2014. Printed in Seoul, Korea

ISBN 978-89-374-6324-2 04800
ISBN 978-89-374-6000-5 (세트)

# 세계문학전집 목록

세계문학전집은 계속 간행됩니다.